艋舺謀殺事件

さんぽん（三本）——原著
既晴——譯作

推薦

台灣犯罪小說的輝煌起點

島田莊司

台灣犯罪文學史的起點，可以追溯到一部名爲〈艋舺謀殺事件〉的長篇小說，發表於十九世紀末期。在艋舺龍山寺的水池中，發現了一具男子的屍體。然而，死因不明，無法確定是自殺或他殺，也不知道是台灣人、中國人或日本人；若是謀殺，凶手身分不明、行蹤不明。

本作從頭到尾都充滿謎團，而它出現的時空，本身就像是一部解謎作品。不知是何人在台灣寫下的，而且，由於它是用嚴謹的明治時期日文寫成，可以推測作者是有一定地位的日本人。

這是一篇從一八九八年一月至四月間在日報《臺灣新報》上連載了五十四回的作品，作者已不可考。作者使用了一個名爲「さんぽん」的符碼，這個名字看起來並不像眞正的人名，不知作者是否有意在筆名中暗藏什麼想法，或者甚至帶有某種挑釁。一百年過去了，我們已無法得知這個作者是誰。

若問及さんぽん在日本是否擁有一定的地位和名聲，那麼這種可能性是相當高的。這是因爲這部作品以一種脫俗、洗練的筆觸寫成，顯示出有如昔日的劍豪小說般深沉地計算著大眾的喜好，而一個毫無名氣的素人，也不可能爲報紙提供小說連載。

這位日本作家或許不是以這本作品作爲處女作，但他擁有豐富的經驗，爲何會在這個時期來到台灣呢？當時，誰也沒想到犯罪小說會成爲文學主流，爲什麼他要冒此風險，還要以台灣爲背景，匿名寫作呢？如果さんぽん眞有其人，或許可以推測出他有一位能夠立刻認出他的同行，那麼這位同行是誰，從事什麼職業呢？這眞是個謎團，未來或許會展開解謎的活動。

這位「有名」的日本作家對犯罪小說很有興趣，從一八九七年至一八九八年期間在台北，與《臺灣新報》有關，身分應該不難查出。當時對犯罪小說的興趣並不一定局限於庶民，像夏目漱石這樣有英國經驗的文豪也對犯罪小說深有感受。也可能是一位地位顯赫的文豪曾在台灣逗留了一段時間，當作消遣般隱姓埋名地寫出本作。

對さんぽん及〈艋舺謀殺事件〉的不幸，儘管對さんぽん本人來說不一定是不幸，但本作作爲一個輝煌的起點，卻未使台灣犯罪小說開啟一段偉大的航程，只因爲沒有出現太多的追隨作，而這部作品身爲台灣犯罪小說的先驅地位亦遭遺忘。從這個意義上，縱使後世飽受批評，但亂步先生借鑒江戶時代黃表紙的作法，很可能是正確的。

台灣創作氛圍的成熟，不得不晚於日本的江戶川亂步、橫溝正史和松本清張等作家的出現，而即便進入新本格的浪潮，也很難看到能夠在這種風格上領先日本的傑作，以結果而言的確落後了。到二十一世紀初才發現這部作品，此前，〈艋舺謀殺事件〉已經被埋在台灣文學史的深處，被人們遺忘了。

在新世紀初期，台灣的學者發現了此一珍貴起源，開始進行研究。然而，即使過了二十年至今，這部有價值的長篇小說，既沒有集結成冊爲日文書，也沒有發行過中文版。超過百年的時間使得連載的報紙劣化、第三十三回的報紙遺失，與這些原因也不無關係。

然而，如今傑出的台灣作家既晴先生，將這種古典艱澀的日文詳實中譯並出版，可說是一項具有開創性的偉業，將爲台日小說界帶來巨大的刺激，他的工作值得大力讚揚。同時，我希望未來的作家們能閱讀這部百年前在這塊土地上出現的有趣作品，在此推薦給大家。

以下我將解說這部時代先驅作的一些有趣之處。〈艋舺謀殺事件〉於一八九八年前期出現於台灣，但這並非在台日兩地出現的第一本犯罪小說。第一部出現在日語圈的，是黑岩涙香的法庭小說《人耶鬼耶》，一八八八年在東京首次出版。然而，涙香曾表示，這是法國作家艾米爾．加伯黎奧（Emile Gaboriau）筆下的偵探樂卡克（Lecoq）系列《勒滬菊命案》（*L'affaire Lerouge*，1866）的改編，寫下對死刑冤罪的警鐘。

涙香的話在此稍作引用：「世上沒有比審判更容易出錯的了。有很多無罪之人被判死刑，而執行死刑的人卻不知道自己犯了錯誤。一旦判處死刑，死者就無法開口說話了，這是一個無法挽回的事實。我希望像在底層奮鬥的人們一樣，盡快成立一個國際死刑廢止協會。」換言之，這是日本語中第一部推動廢除死刑的犯罪小說，這一點也引起了大眾的興趣。

〈艋舺謀殺事件〉比起涙香的《人耶鬼耶》晚了十年才出現在台灣。由於涙香的小說嚴格來說是法國作品的改編，因此這部台灣作品或許可以視爲是嚴格意義上的第一本犯罪小說。我對這點尚未進行調查，而且對這個領域的知識尚且不足，因此我的意見會有所保留。但我認爲，未來若有人進行這方面的調查、得出結論，這將是非常有意義的。

當淚香企圖從文學中分支出這部作品時，他也增添了作品的重要價值，作爲廢除死刑的一個助力。同樣的，在《艋舺謀殺事件》中，當文學轉向娛樂時，可以看出一些作者對於文學性是否受到破壞的擔憂。這種擔憂的痕跡，雖不是非常明顯，但也不難察覺。正如前面所述，當時在艋舺水池中發現的身分、國籍不明的屍體，經過當時最新的法醫學鑑定後，對關係人進行了仔細調查，揭示了這個男人死亡前的情況，並以調查日誌的形式向讀者報告。

換言之，這個波瀾壯闊的故事，在日報上以嚴肅的調查日誌形式呈現，但本作不僅僅是爲了迎合大眾的閱讀口味，而是以警官這個社會上層人士的姿態、以具備文獻價值的體裁呈現，亦即，隱匿地賦予了作品的權威性，同時不難看出，面對那些路線分歧的文章，本作保護了文學家的自尊心。

在帶有古風的明治文體中進行的台北警署調查日誌中，除了犯罪的實況外，還透露出當時台灣統治的實際情況、周邊人際關係，讓日本讀者感到無法承受的壓抑氛圍，彷彿是將原罪直接呈現在眼前。

將日本人稱爲內地人，將台灣人稱爲土人，還有被稱爲土匪的更低階級。從現代的觀點來看，充滿人權問題的人造身分制度隱約可見。在保護政策名義下，日本統治結構的虛僞狀態顯露無遺，無需贅言，這種制度本身就會引發犯罪。

也就是說，這部犯罪小說具有社會派揭露社會現象的見識，同時還具有解說法醫學黎明時期的醫學小說的一面，作爲犯罪小說，它也具備了透過充滿謎團的事件來期待讀者推理的特徵。在談論處女作時，經常會提到這樣的觀點：作者後來展開的創作中的各種傾向，在處女作中被全面地預示了。在理解這部作品時，這一觀點也非常有效，對於未來台灣犯罪小說將發展的各種面向，它也成了全面預示的處女作。

然而，比起上述觀點，當時的台日文人對於犯罪小說的把握——也就是與文學的距離感爲何，更是非常有趣，因爲他們在理解犯罪小說魅力的同時，也在創作中不斷地探索。對於瞭解當時的氛圍來說，這部作品具備了極高的資料價値。

二〇二三年五月六日

導讀

抵抗遺忘：《艋舺謀殺事件》的再翻譯

洪敍銘

署名「三本」的〈艋舺謀殺事件〉，向來被認爲是台灣犯罪小說的濫觴，不少研究者均強調，這篇自一八九八年一月七日起至四月二日於《臺灣新報》上連載了五十四回的小說，雖然以日文創作，敘述視角也以在台日人爲中心，然而這篇小說不僅是偵推敘事在台灣的萌芽，也展開了如何以通俗文學爲載體，探索台灣「本地」的可能。呂淳鈺（2003）以日治時期的報刊連載爲研究文本，關注文化場域的變遷，勾勒出台灣日治時期偵探敘事的樣貌，同時牽連起當時以「實錄」爲時興的由日本而台灣的文體移轉，他的觀點與分析，廣受其他研究者引用，包括王品涵（2009）、陳國偉（2007，2013）都有深入的探研成果。王品涵（2009）認爲，〈艋舺謀殺事件〉的形式與內容對於社會新聞的吸收、轉化與再創作，在其他漢語文本中亦能看見雷同的模式，而當時的新聞報導也出現了模仿偵探小說的趨勢，具體呈現出該文類在文學或社會場域中，已有了固定的位置（頁37）；陳國偉（2007）則將〈艋舺謀殺事件〉視作台灣第一篇推理／偵探小說，並據以劃分出「日治時代」、「一九八〇年代」、「二〇〇四年以後」等台灣推理小說的發展軌跡及分期（頁6），這些研究都顯示出了某種「定錨」的意義與作用，成爲現今讀者在認識「台灣犯罪文學」這個文類時，必備的一種回顧。

觀諸前行研究者的成果，大抵上能夠勾勒出〈艋舺謀殺事件〉的重要特徵、及時代意義及其價值，然而，該篇小說所具有的「日本」基因，使其在一九九〇年代台灣推理小說的「本土界義」的論戰中，反而失去了討論的空間。追根究柢，當時迴盪在推理文壇的主旋律，是「地域性特徵的理論化」——即如楊照（1995）所定義的台灣推理小說：「原作以中文書寫，並在台灣發表的推理小說」（頁142），以及陳銘清（1993）的回應：「所以對『本土推理』只宜以『作品以中文書寫，並在台灣發表的推理小說』來規範，而不應再加上一些無稽之談來限制」（頁12），都可以清楚地看見，儘管〈艋舺謀殺事件〉在某種程度上仍然得以體現「尋求台灣社會爲背景，在推理探案過程同時描繪、探索本土特定面相的作品」（楊照，1995，頁142）的地域想像，但在一九九〇年代以降的台灣推理文壇中，卻呈現出與前述研究中完全不相等的評價。

以此，由既晴「譯作」的《艋舺謀殺事件》的問世，某種意義上重新賦予了這篇小說重回台灣大眾視野的契機——畢竟小說在經過語言與文字的「翻譯」後，對本土讀者而言，或許更能夠藉此親近其中的本土情境。在這個面向上，可以發現既晴特別關注不同國籍或地域人物角色所使用的語言與詞彙，尤其在對話的部分，「再翻譯」原作中無法呈現的「台灣話」，而對於特定日本詞彙，也附上了對應的解釋。在表層意義上，這樣的作法當然可以增進現代讀者對於當時代社會環境與背景的理解，而他同時也冒了一定的風險——再翻譯的準確性。更深層地看，儘管楊照所謂的「本土特定面相」如今看來有其偏執，但不可否認的是，台灣讀者該如何認同純以日文寫作的小說所敘寫的本土（遑論本作中的殖民歷史情境）？這顯示出在地化途徑的複雜；因此，既晴對於台灣話的譯寫，時而隱晦、時而直切地表達出台灣人處境的艱難，或許不純然是經濟上的貧窮，而是在隱然存在的社會階級關係中，那些難以轉圜、迴避的拗折姿態。例如，小說中不斷敘寫日人始終必須要透過「翻譯」才能與台灣人對話，也因此在這種曲折的層層轉譯中，營造出了另一個文本層次外的謎團，而這樣的謎團卻又正好與最後眞相中迴繞的身世、國族與人際的寓言有著幽微的隱喻與關聯。

筆者認爲，這是《艋舺謀殺事件》最值得注意的特點之一，即既晴通過對於語言的再翻譯，表現出了他自己的關懷——這樣的關懷或許在原作中（因爲語言的原因）並沒有被如此明顯地突出，然而即如Pred（1983）在談及人對於「地方」一詞的感受與定義時所分析的：

被我們感覺到的地方，是不能被凍結的，而是個體（或集體）積極參與時空之流的結構歷程的不斷變化的副展品，所有的……人造物，和相關聯的活動，透過「佔用地方」或是佔用和轉換空間與自然，而共同建構、維繫和塑造了地方。（引自普瑞德，1983／1999，頁89－91）

也就是說，人們對於地方（台灣）的主觀感受或意識，與他們與空間（生活情境）的互動經驗、目標或意圖息息相關，而所謂的「日常實踐」，正是表述了人和地方／空間的交互影響；即如《艋舺謀殺事件》中的賴、陳，正因爲他們跨越界線的目標與意圖不一，最終產生不同的人物結局，也暗示了對於台灣這塊土地不同的情感依附；從這個角度再回顧小說中看似見錢眼開的轎夫、嬉鬧間意外發現屍體的孩童……這些小人物的對話與身影，或許便能看見既晴在本作中所付出的努力，不僅只是「翻譯」他們的言語而已，更可能再創造了一條新的在地認同的途徑——看見日常，才能藉著文學體會過去。

最後，小說是不是必須要記錄歷史，以作爲讀者理解過去實景、產生在地性的渠道？當然是未必的，但就像黃宗潔（2020）探究香港推理小說中社會性與當前社會的關聯時提到的：

> 推理小說並不一定、也未必需要書寫歷史，但這些書寫香港的過去與此刻的推理小說，本身就是香港文學歷史的一部分。（頁 267-268）

但願二〇二三年的閱讀到《艋舺謀殺事件》一書的讀者，也能嘗試透過這樣的方式，理解發生在這座島嶼、這些城市上的故事——它們不見得是史實，但它們終究折射出時代的輪廓，但記憶，終究是我們抵抗遺忘的方式之一。

參考資料

普瑞德（1999）。結構歷程和地方——地方感和感覺結構的形成過程（許坤榮，譯）。載於夏鑄九、王志弘（編），空間的文化形式與社會理論讀本（頁81-103）。明文。

王品涵（2009）。**跨國文本脈絡下的台灣漢文犯罪小說研究（1895-1945）**。台灣博碩士論文知識加值系統。https://hdl.handle.net/11296/ju8ub6

呂淳鈺（2003）。**日治時期台灣偵探敘事的發生與形成：一個通俗文學新文類的考察**（碩士論文，國立政治大學）。台灣博碩士論文知識加值系統。https://hdl.handle.net/11296/3nzcnb

陳國偉（2007年11月24日）。**一個南方觀點的可能：台灣推理小說的在地化考察**（會議論文）。2007文學「南台灣」學術研討會，嘉義縣，中華民國（台灣）。

陳國偉（2013）。**越境與譯徑——當代台灣推理小說的身體翻譯與跨國生成**。聯合文學。

陳銘清（1993年10月）。超越模仿，推陳出新的期待。**推理**，**108**，12-17。

黃宗潔（2020）。躁鬱的城市：當代香港推理小說的社會性及其「雙重轉譯」。**淡江中文學報**，**43**，239-273。

楊照（1995）。「缺乏明確動機……」——評台灣本土推理小說。載於楊照，**文學的原像**（頁142-147）。**聯合文學**。

Pred, A. (1983). Structuration and place: On the becoming of sense of place and structure of feeling. *Journal for the Theory of Social-Behavior, 13*(1), 45-68.

（本文作者爲台灣犯罪文學研究者、評論者。《閱讀既晴：台灣犯罪文學作家群像》主編、《從在地到台灣：本格復興前台灣推理小說的地方想像與建構》作者）

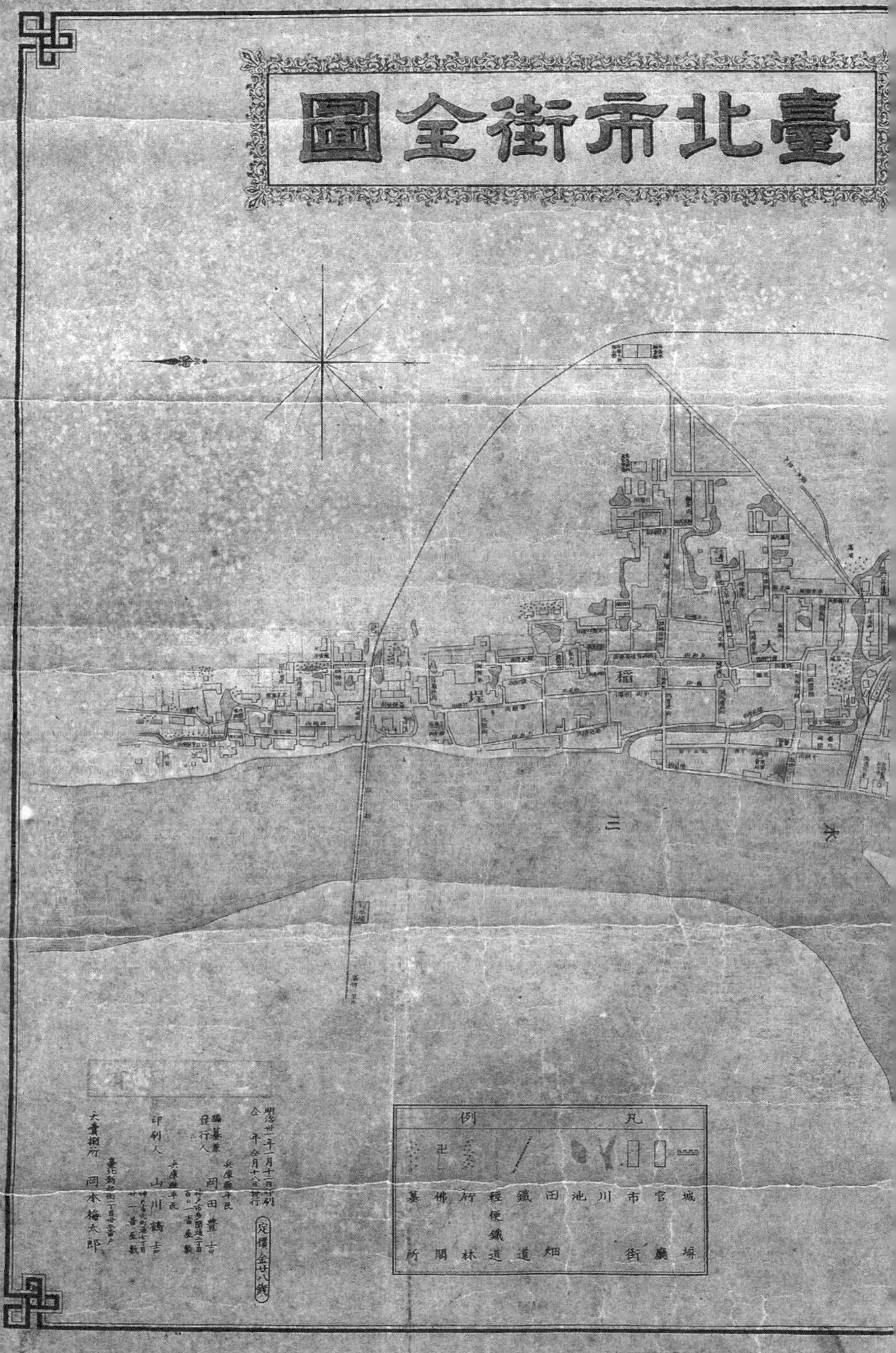
臺北市街全圖
大
稻
埕
三
水
凡例
城壁
官廳
市街
川
池
田畑
鐵道
輕便鐵道
林
佛閣
墓所
明治卅一年一月十二日印刷
仝 年仝月十八日發行
定價金廿八錢
編纂兼發行人 兵庫縣平民 岡田豊吉
印刷人 兵庫縣平民 山川鶴吉
大賣捌所 臺北新起街二丁目廿二番戸 岡本梅太郎

目次

故事的開頭，是宛如出現在報紙上社會版[1]的雜聞欄[2]的新聞。大約三、四個月前，報紙刊登了在艋舺的水池浮現一具慘殺屍體的事件，犯人卻遲遲找不到。雖然有點不自量力，我想運用偵探小說的形式來找出加害者，融合多種面向的趣味，呈現截然不同的觀點，寫成這件奇案的後續。

1 【社會版】［三面］明治時代報業興起，其中《萬朝報》為吸引讀者注目，將社會新聞刊登在第三頁，這項創舉引來各家仿效，使「三面」成為社會版的代名詞。後文「三面記事」使用相同譯詞。

2 【雜聞欄】［雜報種］社會版篇幅較短、屬性分歧的記事，會集中在雜聞欄內。

1

艋舺龍山寺中，茂密的樹下站著兩名男子。

時間正好是午後一時，溫暖的和風由背後襲來，頻頻吹拂吸著捲菸、吐著煙霧的其中一人。他穿著最近已經很少人穿的紅線雙紋袷衣[3]，披著同樣的雙色羽織[4]，繫上在台北購買大概要五十錢的黑色紐帶[5]，帽子是鴨舌帽，頭髮刻意留長，腰帶是棕色的博多織，腳穿桐製柾木屐[6]，臉色蒼白，態度和藹可親，予人好感。

還有一人，歲近中年，穿著薩摩絣[7]羽織，繫上同爲藏青色的兵兒帶[8]，鼻下蓄了小鬍，持著一把粗大的手杖。這副模樣，怎麼看都像是個巡查，他的眼中散發一種令人敬畏的神色，目光流轉的敏捷度是普通人的兩倍。這個留髭的男子叫池中光，是台北警察署的特務巡查。

他生於兵庫縣，志願擔任巡查來到台灣，現在從事偵查工作。

三等巡查[9]的他，月薪八圓、津貼十五圓，合計二十三圓。如果日本還有妻室，在台北的生活大概會很窮困吧，所幸他是獨身，不必擔心這種事，而且還有特務的機密費，經手的事件愈多，可以拿到愈豐厚的機密費。

不過，台北並未發生必須偵查的事件，倒是有許多搜索土匪的行動，他在行政巡查[10]的協助下忙得焦頭爛額，但卻連一次緝捕到案的紀錄也沒有。

另一人的名字是花野艷雄，《台北新報》的社會版記者，他的嗜好是探訪花街柳巷，是個墮落社會底層的人物。

今天是週日，兩人是對彼此的工作知之甚詳的好友，他們也沒什麼目的，結伴來到這裡。

花野先開了口：「偵探的工作雖然辛苦，但也很有趣吧。例如，被殺害的屍體旁有

3 【袷衣】［袷］有內裡、由兩張顏色不同的布料縫製的和服。

4 【羽織】穿在長和服外、有衣領的短外套，由戰國時代的武士防寒衣物演變而來。

5 【紐帶】［紐］羽織上，胸前繫結的綁帶。

6 【柾木屐】［柾下駄］木頭的表面紋路，依切割方式不同，可分為直紋的「柾目」及弧紋的「板目」。相同的木材體積，能切出的「柾目」數量少於「板目」。

7 【薩摩絣】薩摩為現今的鹿兒島西部，薩摩絣是使用平織法製作，藍底白紋、質地堅韌的高級布料。

8 【兵兒帶】［兵兒帶］薩摩藩士又稱薩摩兵兒，他們在軍裝上所繫的腰帶，幅寬而柔軟，能減輕腰部負擔，稱為兵兒帶。

9 【三等巡查】巡查是明治時代初期的基層警察階級，自高至低有一至四等。

10 【行政巡查】負責行政業務的巡查。

一張白紙，那它與犯罪有什麼關聯？有什麼用途？是被害者的東西？還是加害者的？必須不斷地往源頭的源頭追究，所以，如果沒有縝密的頭腦、敏銳的手腕什麼的，是無法勝任的，這樣說有些抱歉，但對你來說應該很困難吧。」

「那只是表面上看得到的。偵探是一種技術，縝密的頭腦、敏銳的手腕什麼的，當然都是必要的，但還必須具備勇氣。匍匐在白刃之下也要盡忠職守的覺悟，而且，若缺乏某種想像力與觀察力，可是無法成爲偵探的啊。」

「那是被稱爲老偵探的人才有的。你這種人只是妄想吧。什麼有趣的事件也沒發生吧？」

「我也是這麼想的，但搜索土匪、半夜臨檢料理屋[11]的行動，我已經厭倦了，如果發生御茶之水事件[12]那樣的犯罪就好了，我已做好了萬全準備等著，結果什麼事都沒發生，眞無聊啊。

「當我熱切地想著，究竟何時才能發揮個人實力時，助手卻來到休息室，說：『池中先生，你的同事們說你只是來玩的，一件緝捕紀錄也沒有，那傢伙恐怕不太行呢。』聽著同事們背地裡的壞話，我即使非常生氣，但又無可奈何！」

「如果是事實，再怎麼無可奈何，也沒辦法反駁啊。與其如此，更重要的是盡快發現今世人震驚的事件。不然我也幫不上忙。」

「謝謝。要多麻煩你了。」

花野用木屐頭踢了一顆無辜的鵝卵石，說：「這裡畢竟是台灣，到處都是鄉下地方，但寺廟旁有家茶店就夠了，茶店裡不是小姐而是阿婆也沒關係，喝杯苦茶，抽根菸也不錯啊。接著，到野外散個步，還能看到路邊長著一兩株冬菊[13]，正待人來。這時候，你可別只是路過。請摘下一束花給我當伴手禮，讓我坐在花瓶[14]前欣賞，這樣的事情不是很好嗎？我才不要一邊聽豬叫，一邊啃甘蔗呢。」

「又開始胡說八道了，一點小事就大放厥詞，太過分了吧。你啊活該一輩子單身。」

「說這話的閣下也一樣過分啊。」

11 【料理】宴席間有藝妓作歌舞表演、陪酒的餐廳。後文「料理屋」使用相同譯詞。

12 【御茶之水事件】〔茶の水事件〕明治三十年（1897）四月二十七日，御茶之水女子高等師範學校附屬教育博物館前的神田川畔發現一具女性裸屍，年齡約四十歲，遭人勒殺，臉上被砍十三刀，面目全非，無法分辨外貌。後來實施特別戶口調查，才查出死者是御世梅阿此，並逮捕同居人松平紀義。松平被判處無期徒刑。據其供詞，犯罪動機是酒後為錢爭吵暴怒殺人。後文「お茶の水事件」使用相同譯詞。

13 【冬菊】〔寒菊〕隱喻路邊攬客的賣春婦。這段話暗指帶我去尋花問柳。

14 【花瓶】隱喻女性陰部。

他們說著無聊的玩笑話，不知不覺地，兩人離開了大樹下。

2

兩人興致盎然地踏上了水池的步道，往池前的草地走近。

「這路不好走，好麻煩啊。本來想在這邊躺下來，伸展雙腿，呼吸一下新鮮空氣也好的。眞沒辦法。野外散步的想法，也是徒勞無功嗎？」

池中一邊說著，突然浮現一股好奇心。

「花野，你是個新聞記者，所以我們理應擁有相同的思考模式吧，我們的處境、立場不同，但面對森羅萬象的一切，都同樣是以偵探之眼來進行觀察，很妙不是嗎？我現在剛好想到，你站在那座幽靜而深邃的池畔，沒有任何想法嗎？」

「嗯，即使和內地不同，我覺得這樣的水池並沒有什麼風雅之處。」

「就只有這樣嗎？」

「嗯，沒錯。」

「我現在想到的是……這樣吧，去那邊的祠堂抽根菸再說。」

他們在祠堂邊的石頭上坐下，抽著天狗菸草[15]。

「所有的犯罪都藏匿在意想不到的地點。反過來說，在那個意想不到的地點所藏匿的，如果正是發現犯罪的開端，那麼，現在在這個水池裡，難道沒有某種能成爲犯罪事件的素材嗎？」

「的確是無法斷定眞的沒有。」

「對吧。那個有名的東京御茶之水事件，案件的起點，是從在御茶之水橋河岸樹木下的陰影處開始的，那裡也有類似的犯罪素材。」

「眞不愧是偵探。假設這裡眞的有，那又怎麼樣？」

「聽我說啊。池水的顏色，藍得看不出有多深，彷彿裡頭潛伏著什麼，這座池子傳說是龍神之池——雖然龍神一次也沒有被捕獲過，也可能是無底池，而龍山寺就在附近，後方是一整片竹林，可以說是具備了犯罪地點的充分條件。

「草木皆已沉眠的時刻，無常的鐘聲響起，池塘的水面映著月影，在這蕭瑟、寂寥的情境下，出現了兩個人影，照例是一對男女，他們沒有選擇辻堂[16]，而是來到這裡會

15 【天狗菸草】「天狗煙草」日本最早的紙捲菸品牌，由岩谷商會在明治年間專賣。

面。

「你爲什麼要在這麼晚的時間，帶我來這種什麼人都沒有的地方？到底有什麼事呢？——以這樣的對話開始，接著，男子愛之深，恨之切[17]，在一瞬間露出暗藏的寬刃菜刀，殺人後爲了逃避拘捕，解開帶子後手持著，坐在祠堂裡眺望夜空，等待月亮隱沒。

「一場暗鬥後，女子的側腹還是哪裡被刺，砰然倒下，男子心想終於動手了，把屍體噗通一聲丟進池子裡，凝視池子，然後不知去向。

「經過了兩三天，發現屍體的居然是我們，經過了繁複的程序，使用了各種技術，找出凶手，讓對方措手不及，池中這個人可眞不能輕視啊，讓對方說自己了不起。如果是這樣，這附近一定有手帕、簪子或梳子什麼的掉在地上。」

「可以依照心裡所想的，順利發生就好極了，可是在台灣，男女的情愛問題僅止於糾紛，還沒聽說過會演變爲犯罪的呢。」

「爲什麼要故意不把我的想法當一回事，眞討厭啊。在那裡一定有這種東西，可以視爲犯罪的證據，你就不能盡力幫我找找看嗎？」

花野微笑地說：「別開玩笑了。把戲劇或小說裡看到的，認爲可以如法炮製，這樣的幻想太過極端了。實際上不是什麼事件都沒發生嗎？一定會被同事這樣批評的。有時間想這種事，不如去關心署長的心情好不好啊。」

「啊，也是啦。」池中也不由得笑了。

那裡有四個小孩，最年長的大概是十五歲，他們高聲歡呼，追著豬跑來，說著有沒有好玩的事情，然後開始把小石子投進池子裡。一個小孩往稍遠的北邊走去，說只是丟石頭到池裡，沒辦法決定勝負啊，於是分爲兩人一組，在南北兩邊各自丟擲石子才好玩，當中像是孩子王的小孩，說這樣很好，分頭開始互相扔石子。

花野說：「你看，台灣的小孩這麼活潑地玩耍，他們長大後，卻可能會變成抽鴉片的懶漢。眞是豈有此理。」

他們目不轉睛地看著這群孩子。從北邊扔過來的石子沒打中目標，正好砸在水池南邊一個小孩的膝蓋上，他踉蹌地向後倒去，一隻腳滑入池中，勉強抓住岸邊才揚聲呼救。其他孩子見狀，都嚇了一跳，連忙衝過來扶他，只有一個小孩滿臉驚訝。

---

16 【辻堂】路邊的小佛堂。

17 【愛之深，恨之切】諺語，原文為「可愛さ余って憎くさ百倍」，即「恨意是愛意的百倍」。

「有死人！」他叫道。

聽到這句話的孩子們，紛紛將目光投向了尖叫著的小孩所指的方向。

3

正在看著眼前這一幕的兩人，聽到孩子喊道：「有死人！」都嚇了一跳。

台灣話是台灣警察必備的重要語言，池中只學了幾個月而已，僅有聽得懂的程度。而花野不僅長期定居台灣，還擔任過短期的口譯官，精通台灣話是理所當然的事。

「你！」池中走過去，叫住往那個方向跑過去的小孩。被叫住的小孩靠近兩人。

「大人有什麼事？（大人甚麼用）」他乖巧地說。

「那邊有死人對嗎？（彼邊有死人有也無）」

小孩似乎聽懂了，拉著他們的手帶他們去。

「花野，這是眞的。去看看吧？我的想像終於變成了現實。」他的表情得意。

池中一邊讓小孩引導，一邊想著，自己站立的位置與屍體所在的位置，相距大約二十間[18]。若屍體是被水流帶到這裡來的，那人到底是女性還是男性？是溺死嗎？是殉情還是謀殺？無論如何，想像中的事情化爲現實的怪異感受，竟然是令人愉快的。今天散步偶然發現了案件，大顯身手的時刻終於來臨，池中的心情開始昂揚。

來到孩子們圍繞的池畔一看，哎呀，蘆葦般的雜草蔓延，綠藻層層疊疊的腐朽看板旁，在粗陋的草蓆中捲著一具躺臥的屍體。

粗草蓆包裹著的屍體，不是女性，而是男性。他的身體全裸，只有陰部覆著褌布，腹部緊綁著繩子。繩子末端綁了一塊石頭，全身已經腐爛，腐敗的氣味衝鼻。

「哎，我想像是個女子，結果是個男的。跟想像完全不同啊。不過，這顯然不是溺死，一定是殺人事件。眞是愉快。」池中開心地反覆擊掌。

「你啊，這是讓人這麼開心的東西嗎？趕快開始工作吧。」花野說。

「嗯，就像你說的，先向署長報告，也必須找公醫[19]和預審法官[20]來進行勘驗。那麼，我一個人先行動，你在這裡等，我馬上回來。不過，這些小孩是發現者，他們必須

18 【間】日本長度單位，一間約為一．八二公尺。二十間約三十六公尺。

19 【公醫】日治時期台灣總督府的一種衛生制度，並非任職於公立醫院的醫師簡稱。公醫由一般醫師出任，負責協助警察機關執行地方衛生事務，比如防疫、診治患者等。日治初期多為日本人，其後台灣人漸多。

20 【預審法官】「予審判官」日治時期刑事有預審制度，部分案件依規定先提起預審，由預審法官決定是否進行公判。

當證人，該怎麼辦呢？」

「不，我們一起發現屍體的，不需要留這些小孩當證人吧？」

「也對，那先讓孩子們回去吧，只是我還有事想問。我不會講太難的台灣話，不好意思，你可以替我口譯一下嗎？」

花野聽了問題，對小孩說：「我們是警察，屍體的事情請不必擔心。我們想詢問，這具屍體一直在這裡嗎？（小孩，我講，我們警察官，這兒死人的事，我們辦，你們不要驚，我問這死人久久在這兒）」

小孩說：「我們昨天下午來這裡，沒有看見屍體。現在是第一次。（我昨日下午來這兒，不看見死人，現時我們看）」

昨天這裡並沒有屍體，應該是昨夜或今天出現的——池中取得了這項關鍵證詞後，他要花野留在現場等待，馬上前往台北警察署，去找上村署長。

「署長，有要事報告。本官發現了重大事件。」他認眞地報告。

「重大事件是什麼事？是不是聽說土匪又要襲擊台北了？」

「不是土匪，而是殺人事件。」

「是本島人還是內地人？」

「當然是內地人。署長，這個事件是本官發現的，接下來拜託你了。」

「這種事晚點再說吧。地點在哪裡？」

「請讓本官帶路。但我必須先打電話連絡法院，請預審法官到場，以及公醫來進行勘驗。」

由於情勢緊急，池中立即處理了所有的手續，安排大西預審法官、大田書記官、黑山公醫、上村署長等一行人會了面，開車前往現場。

抵達現場的時候，孩子間的傳言已經散布開來，本島人的群眾，聚集在屍體周邊圍觀，一片嘩然。花野向前致意，遞出名片，獲得允許參與調查。巡查制止群眾圍觀，將他們驅散。

大西法官從口袋中拿出懷錶，簡短地說：「黑山公醫，已經四點了。快開始進行勘驗吧。」

黑山公醫答：「好的。」

他從助手帶來的提包裡取出一件白衣穿上，靠近屍體，開始驗屍。

4

黑山公醫湊近屍體，命令本島工人將綁在屍體上的麻繩取下。

這件事立刻傳開，人們群聚而來。

《高砂朝報》的記者角野穿越群眾，向大家致意：「請問是什麼樣的案件？意外事故？還是殺人事件？」他從口袋中拿出筆記本，舔了舔鉛筆，準備開始記錄。

但由於驗屍工作馬上就要開始了，署長不耐煩地說：「等一下再告訴你，請先到一邊去。」

被這麼一說，角野反而更積極了。

「您說了奇怪的話呢，『請先到一邊去』，盡早將社會事件告知社會大眾，是我們的義務，這種話不是太過無禮了嗎？喂，花野。」角野頗不高興。他也是花野的同行，便向花野求助。

「你說的對。」花野說。

大西法官說：「麻煩請稍候。現在醫師正在驗屍。」他一面稍作制止，一面注視著黑山公醫的驗屍工作。

黑山公醫先請苦力挑水來清洗屍體。但屍體已經腐爛，用處不大，僅能稍微區別眼睛、鼻子、嘴巴而已。他捲起白衣的袖子，由於職業的緣故，面對腐臭的氣味，他的態度平靜，將屍體的全身清洗乾淨，從頭部到胸部，將屍體的狀態逐一檢查完畢。

他用清水、肥皂把手洗乾淨，一邊撫摸著鬍子，一邊向大家說明。

「檢查結果的詳細內容，稍晚才會完成，不過這具屍體被丟棄在池裡，應該已經過了兩天。屍體腐爛的速度，即使都是水裡，地點在河中、在海中、在池中，也會有所不同。在這座水池裡，腐爛的速度最快。

「屍體的容貌無法明確分辨眼睛、鼻子、嘴巴，但仔細檢查頭部，並沒有異常之處，全身也沒有受到嚴重創傷的狀況。此外，屍體的全身已經膨脹，也導致了詳細檢查的困難，但我認爲，死因並不是刀刃造成的。

「那麼，是不是勒殺，還是重擊致死呢？也不是。如果是勒殺，脖子會出現紫色的勒痕；如果是重擊致死，身上會有紫色的印痕，軟骨必然也會骨折。無論如何，已經腐爛成這樣，也無法區分什麼差異了，要確定眞正的致死原因，唯一的辦法是解剖。

「根據目前的驗屍結果來看，可能是窮人因病而死，但因爲無力支付喪葬費，只好將屍體丟棄在那裡。不過，在台北也有許多路倒的死者，也不排除另一種可能，他是在旅行途中死亡的。他的頭部還有頭髮，一定是內地人。」

黑山公醫的驗屍結果令人意外，眾人面面相覷，陷入沉思。上村署長一邊咋舌，一邊不客氣地來到池中特務的面前，說：「池中，根據剛剛公醫的驗屍結果，並不是什麼殺人事件。這只是一具病死的屍體而已。特地把法官找來，也太失職了啊。

「你一定是一開始就有先入爲主的想法，認爲這是生平沒遇過的重大事件，才會小題大作地報告這是殺人事件，拜託請立刻出動法官，馬上進行調查，結果變成這樣。太丟臉了。池中，對於公醫的驗屍結果，你有沒有要反駁的？」

面對署長的詰問，池中慌張地開口了。

「有啊，當然有。署長，即使驗屍報告顯示這不是殺人事件，讓本官被您認爲是不是想製造什麼大事件才誇大其詞地提出報告，但絕對不是這樣的。

「黑山公醫對法醫學很熟悉，但他並不是只做了驗屍，還介入了我們的職權範圍，說這不是勒死，只是將病死的屍體投入池中。然而，我希望能夠進行更進一步的檢驗。

「我認爲這是殺人事件。要詳細地解釋，恐怕會變成長篇大論，我只簡單說明要點。第一，這具屍體身上的衣物全都被脫掉了，只剩下一條褌布，對吧？第二，屍體除了衣服被脫掉以外，也包了草蓆，捆上粗繩，還綁了石頭，對吧？就算只根據這兩件事實，也能推測這是出於怨恨而殺人，爲了抹消謀殺的痕跡，將可能成爲證據的東西全部去除，而綁上了石頭，則是爲了不被人發現。

「假設如同公醫的驗屍結果，是旅行途中病死，屍體投入池中，絲毫沒有恩怨，毋寧說是抱著體貼的心態所爲，替死者進行水葬，那麼就一定找得到體貼的證據，而這具屍體也不會受到如此殘酷的對待。因此，我只能要求黑山公醫再次進行檢驗。

「依照公醫的說法，要確認眞正的死因，除了解剖之外沒有其他方法，那麼，爲了證明公醫的檢驗是正確的，我也希望可以進行解剖。」

池中一口氣滔滔不絕陳述著。

5

此時，黑山公醫並未沉默。

「你是特務警察吧。你說我不能只做屍體的檢驗，但我身爲驗屍工作的負責人，也只是認爲死者可能是病死的而已，並沒有說他絕對是病死的。

「你明確地主張這是謀殺案，但若以醫學的觀點來看，外表是全裸的屍體，還是包裹著草蓆的屍體，都不會影響判斷。由於屍體的檢驗僅止於屍體的外觀，正如同我剛剛檢查的，沒有外傷，也沒有其他異常，我只是說出這個想法。我也不同意就這樣把死者當成病死的。

「此外，針對這個驗屍結果，如果沒有醫學上的反證，我也無法同意你的看法。所以，能讓我滿意的，也只有進行解剖了。我想強調一點，死者可能被認爲是勒死的，但屍體上完全沒有被勒死的跡象。縱使屍體由於腐壞而膨脹，也一定會留下勒死的繩痕。假使我的屍體檢驗結果眞的有錯，爲了以防萬一，是不是請其他醫師來進行驗屍呢？我特別希望法官與署長能夠同意。」

黑山公醫覺得池中的話既可笑又可憐，聲音高亢地反駁。

大西法官制止兩人爭論。

「池中巡查對工作太熱心，只是針對公醫認爲並非謀殺的意見，陳述個人看法而已，並不是指責公醫的屍體檢驗結果有錯。黑山公醫秉持個人的醫術進行屍檢，我想檢驗結果也是正確無誤的。不過……」

他話說到一半，又轉向黑山公醫：「黑山先生，雖然希望你不要誤解，但依照你的判斷，認爲這具屍體是病死的人，那就會出現疑點。正如剛剛池中巡查所說的，從屍體極其隱匿的狀態來看，實在無法認定是被人投入池裡的病死者。

「既然如此，是否應當決定日期進行解剖呢？解剖後不知道會不會出現新的證據。尤其是第一次在這裡進行屍體解剖，我們都成了非常重要的參與者。那麼，今天到此結束好嗎？」

他再次取出懷錶察看。

上村署長說：「沒錯。正如剛剛大西法官所說的，必須進行解剖。解剖的工作，也麻煩黑山公醫了。」

「既然決定要進行解剖了，沒有問題，我也是這麼希望的。」黑山公醫答。

這時，角野記者說：「花野君，我要走了。對這個案件我有大致的瞭解了，應該寫得出非比尋常的報導吧。首先，使用二號活字，以艋舺水池的謀

臺灣總督府警察官及司獄官練習所（全景ノ一）

殺事件爲題……現在世界上沒什麼新鮮事，令人感到無聊，這時候就會大賣。」

上村署長聽了，連忙責備：「請不要寫出這麼浮誇的報導，你們剛剛也聽到了，這椿案件到底是不是謀殺，在沒有解剖之前是無法判斷的，如果搶先刊登了這種記事，萬一導致嫌犯逃亡，就會對逮捕凶手造成干擾。」

角野一邊心想怎麼又來了，一邊說：「我們只是有什麼寫什麼，不會寫出扭曲事實的文章。把報導寫得誇張一點，就會造成逮捕凶手的干擾，那表示警方根本沒有能力破案啊。花野，在這裡不必久留，我們回去吧。」

聽了角野的話，花野說：「池中君，今天眞是立了大功啊。那麼，我們先離開了。」

「這個案子我要用盡全力徹底偵查，不能沒有你的協助。」

「好啦好啦，知道了。」花野與角野向眾人致意，一同離去。

「你認識那個叫做池中的警察是嗎？」角野邊走邊說：「眞是令人佩服的男人啊。台灣居然有這麼能言善道的巡查。到台灣任職的巡查，都是在內地素質較差的，我們聽到的都是他們亂七八糟的事啊，比方說巡邏到一半，站在路邊向女人搭訕什麼的，這樣怎能維持警方的威信呢？」

「喂喂，別再打擊巡查的地位了啦。對了，現在時間也晚了，我們去吃中華料理吧？」後續就是滿足食慾的事了。

接下來，屍體決定臨時安置在東門外的內地人墓園裡，並將於明天上午在台北醫院由黑山公醫進行解剖。屍體身邊的草蓆、繩索、石頭，是日後的相關物證，依照池中的要求，由事務員保管，搭乘接送的車子離去。

太陽既已西沉，龍山寺的人影變得稀疏零落。

6

方才離開水池的角野如與花野艷雄兩人，一起往中華料理屋去。

「角野，去哪一家吃中華料理好？」

「這應該你比較清楚吧，我還不太瞭解中華料理的滋味。」

「我跟你差不多啦，沒想到，中華料理的味道比西洋料理還甜哪，但店裡的空間很髒。我們能去的大概是『協記』和『平樂遊』吧，協記的店裡不太乾淨，料理卻相當美味，平樂遊則是內地人喜歡的口味，西洋與中華取其折衷。」

「這樣啊。雖然可以問問本島人，但在我們看來，去內地的料理屋玩樂，才感覺正要開始玩的時候，卻隨著愈來愈常跨過料理屋的門檻，也漸漸變得沒意思了，我覺得安適、舒服的地方更好，心靈可以變得更豐富。在那裡的招待所與藝妓相聚，再到少有人知的地方以高雅的方式玩樂。不知道台北的本島人都是怎麼玩的？」

「你問了有趣的問題呢。我對花街柳巷的事情不太熟悉啊。」

「度過黑夜，現在已經是黎明了哦。」

「這就是稱爲『無中』[21]的老笑話嗎？眞苦悶啊。雖然說：『百里不同風、千里不同俗。』[22]這種事倒是什麼地方都一樣啊。總之，稍微有點品味的人，是不會去料理屋的。

「那裡並不是招待所，不過也有像是招待所的屋子。那裡本來是本島人的家，一間屋子裡住了好多人，前面住著藥房的人，中間住了錢莊的人，後面還住了不知道是什麼身分的人，感覺像是一般住家。至於大部分的藝妓屋，大阪的說法叫做『屋方[23]』，一定住在最邊緣的角落。

「那裡是招待所兼高級妓院，今晚我們想去那裡喝酒的話，也可以直接在那裡點餐，藝妓屋和料理屋之間有合作關係，點了多少菜，就付多少服務費。在那裡你可以叫喜歡的藝妓來，聽歌、吸鴉片，也可以住宿。」

「這還是第一次聽說。我想去。本島人應該也糊弄不了我的。怎麼樣，你現在就帶我去見識見識吧。」

「眞是被你打敗了。」

「爲什麼？」

「還問爲什麼，我還在說明而已，你立刻就要我帶你去。」

「不是啊，我這時以身爲社會的耳目爲任務，對於本島人的特殊遊樂方式一無所知，實在非常可恥啊。對我來說，那些狹窄的道路上說著開門、開門，你好、你好的奇

---

21 【無中】又稱「黎明六鐘」，江戶時代的計時法，屬於不定時法，根據日出日落的時間點先分日夜，再各自作六等分，依序為「六、五、四、九、八、七」。「黎明六鐘」即為破曉交界的第一等分。

22 【百里不同風、千里不同俗】日本諺語，原文為「所変れば品変る」。

23 【屋方】關西對「置屋」的說法。置屋即培訓藝妓、安排演出的住處。

怪住民，雖然並不是沒有見過，但從未親身去玩樂、體驗過啊。總之，你知道的招待所到底在哪裡？」

「不好意思，那家招待所並不是誰都能去的。沒有介紹人就進不去。我也是本島人介紹的。」

「不然，我們別去料理屋了，去藝妓屋吧。」

他們進入龍山寺的道路，離開了新店街，進了北皮寮街的某家店。

角野表情驚訝地說：「喂，花野，這裡就是藝妓屋嗎？」

花野說：「安靜跟我來就對了。」

花野走在前面，開了幾扇門，往屋子的深處走去，以叩叩的敲門聲當做暗號，打開門的是台北的知名土妓[24]。他隨即露出笑容。

「好久沒看到您了。今天是什麼風把您吹來的？東風？西風？南風？北風？還是相思風？（你久久不看見、今日那兒風吹你來東？西？南？北？也想思風？）」

花野立刻回答：「我只是想見到妳的美貌。（我愛看較美面而已）」一邊說，一邊入席。

角野環顧四周，喝茶潤喉，從土妓那兒接過菸灰缸，開始抽菸。

中華料理逐次擺設在桌面上，土妓斟了老酒。

角野相當滿足地說：「在這樣的地方吃飯，感覺更是美味。這位土妓的名字是？」

「她叫寶仙。在美女面前，也不必客氣哦。」

「哪會客氣，我盡量吃啊。」

當他們忙著動筷子的時候，隔著一片籬笆，傳來了火爆的男性爭執聲。

是本島人。他們的態度火爆，沒辦法聽清楚他們說的話，只聽得懂他們不時罵著「姦你老母」。很快地，他們開始打架了，發出了茶碗的碎裂聲。

花野的心中突然有了某種打算，他放下了酒杯，打開後門靠在籬笆邊，專心側耳傾聽。

24 【土妓】台灣籍的娼妓。

艋舺遊廓

花野靠近的牆面是一面籬笆，可以看見另一邊的狀況。有點傾斜的屋子，有粗大的竹柱支撐，壁面僅僅以泥土粗略塗上，窗戶上沒有裝設窗門。從窗戶裡飄出鴉片的氣味，這間屋子一定就是鴉片館了。

剛才口角爭執的兩人僵持不下，發生嚴重扭打，一名小腳女子發出尖叫想要加以制止，現場非常嘈雜。

花野對這種事總是聽覺靈敏，在他親眼看過了水池的屍體被打撈上岸後，變得非常敏銳，正當他發現接下來可能會聽出爭執的原因時，兩人卻在女子的調解下停了手，恢復原本的冷靜。花野相當失望，他一邊揮手驅趕嗡嗡地飛來的蚊子，一邊豎起耳朵聆聽著女子的聲音。

「爲什麼要打起來？你們兩個是朋友吧，到底怎麼了？（什麼如此打架，兩個朋友有什麼緣故）」

「沒什麼大不了的。他不給錢，我才會生氣。（不什麼要緊，他不肯給我錢所以我生氣）」

其中一個男子說。

「什麼錢……是借款嗎？（錢你借錢）」

「不是。有人拜託我們事情，禮金是二十圓。這筆錢當然是一人一半，結果他自己拿走十四圓，只給我六圓。那麼，我要他給我不夠的四圓，他故意裝蒜，才會變成這樣。（不是，有人討我們報金二拾圓給我們，一半我一半他如此公道，他十四圓自己收，他給我六圓，我也討四圓，他不肯，所以我講）」

「誰拜託了你們什麼？（什麼人討你什麼事）」女子問。

一人打算說什麼的同時，另一人出手制止。

「你這笨蛋，忘記先前的合約了嗎？（你愚先日我們合約事、你不忘記？）」

剛才原本彷彿仇敵的兩人，一人還沒出聲，另一人就馬上說：「別講了！（不要講）」

「是。」他於是就這樣住了嘴。

制止他的人說：「要是講出來，不就被聽見了？被人聽到不好吧。你不能一喝酒就馬上胡言亂語，那個人給我們二十圓，畢竟是希望我們保密，至於爲什麼，因爲不是什麼好事吧。（講了有人聽，很不好，你吃酒也，即時講，他大人，給我二十圓意志，這兒事默默，什麼就是惡事）」

「那種事不用你說我也知道。但你不給我四圓，我才會講，反正你給我四圓就對了。（我知你四圓不肯給我，所以講，現時我愛收）」

他們貪得無厭的本性，導致了委託人的秘密可能曝光的危險。

聽到這些話的花野，儘管兩人的話講得很快，他也能完全理解意義，這必然藏有某個秘密，他思考是否與水池謀殺事件有關。他在思考的同時，也想像著如果正是如此，他已經掌握了最關鍵的線索。他希望盡早告訴池中，池中一定很高興吧。

然而，他想繼續竊聽，卻發現聽不見更多情報了。他更加用力貼近籬笆，使籬笆發出劈里啪啦的響聲，眼看就要倒塌。兩人聽到聲響，發現被偷聽，再也不出聲了。

花野心想，搞砸了！不過，只聽到這些也沒關係。把這件事告訴池中，他會有主意的。那兩個人一定常來鴉片館。那麼，池中應該能得到什麼線索吧。

這樣就好，角野可能已經等很久了。

再度回到房內，角野正與土妓喝著老酒。

角野看到花野：「花野君，你到底在後面做什麼？去了那麼久。不過呢，我就算注意到了，也會假裝不知道的啊，你是不是很久沒遇到好女人了，在我面前不好意思，才跑到裡面的房間去調情了吧。」

「喂，你酒喝太多了是吧，根本不是做那種事的時候啊。我去偷聽到一些情報回來了。」

花野說了剛剛的事，角野表情驚訝。

「原來如此，那一定跟謀殺事件有密切的關係。」

「不過，如果不多花一點時間調查，不就沒意思了嗎？我的推測是，那兩個人受人委託，將屍體丟進水池裡。」

「我也這麼想。」

「現在幾點了？該早點回去寫明天的新聞稿。就像跟上村署長說過的，盡早將社會事件告知社會大眾是我們的責任。」

他們不愧是喝醉了也不忘本分的正直人士。

花野說：「喂，你不是星期一發新聞稿嗎？你好像忘了今天是星期日的樣子。」

角野聽他這麼說，恍然大悟地點頭稱是。「完全忘了。明天早上在醫院的解剖可以到場嗎？」

「當然囉。盡早將社會事件告知社會大眾是我們的責任。」

「喂喂，怎麼跟我講的話一樣。」

「我們是同行啊。」

「你上輩子是猴子[25]吧，哈哈哈……」

8

台北醫院的手術室，三面牆、一面入口，北側玻璃窗透進適度的光線，照在掛有白金色澤的窗簾上。水泥牆的東側，設計了一個能讓液體流出的傾斜溝槽。正中央放置了一個大手術台，一旁的架子上擺設了手術用的必要工具，閃耀著金色、銀色的光芒。因此，進入這個手術室時，會感覺耳目一新也是理所當然的，小型手術雖然不值一提，若是大型手術，場面就會變得慘不忍睹了，鮮血飛濺、肉塊散落，彷彿魂魄從肉體中抽離。

在一處角落，寂寥地擺置著桌子、床鋪、椅子等家具。過了一會兒，助手叫來一個較早掛號的男人。這名男子面色蒼白，瘦骨如柴，連走路都困難，

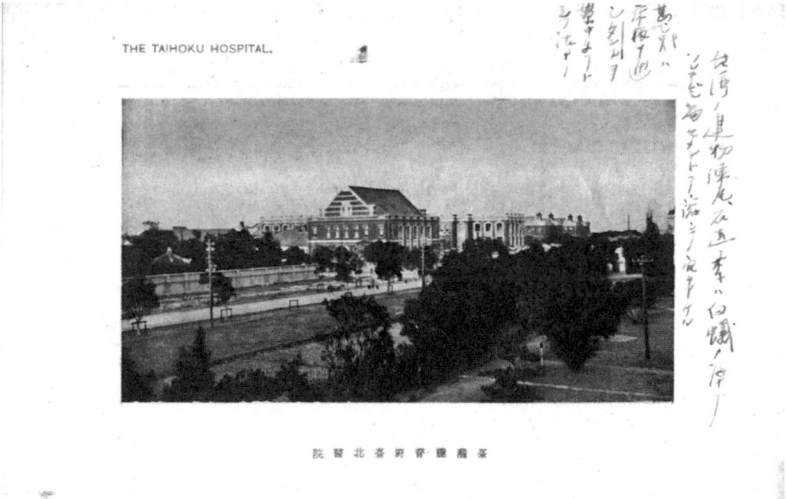

被認爲是愛憐病[26]患者——這是台灣著名的疾病之一。負責動刀的是台北技術最好的知名醫師，夏尾副院長。

「今天可以動手術了。請讓我檢查一下。」他微笑地面對病患，一邊壓住病患的陰部：「差不多可以了，這樣沒問題。現在開始吧。會有一點痛，請忍耐一下，就當做吃了山豬肉的後果吧。」

他開了點玩笑，在助手的協助下，讓病患躺在床上。

這時，患者說：「醫師，請替我麻醉吧。不然我忍耐不了啊。」

夏尾在病人的鼻前施放氯仿，很快地病人便失去意識。

但病人仍然解釋著：「我是國語學校的老師，扮演教育兒童的角色。但我也不是個無情的人，才會罹患這樣的疾病，請醫師替我保密。只要是來台灣的人，大多都會罹患一次這種疾病啊。年紀再大、再怎麼正派的人，也免不了走上這條路的。」

由於麻醉發揮作用，患者如同作夢般胡言亂語。

25 日本有「猿真似」一詞，意指猴子會模仿人的動作，常用來形容人不經思考就跟著別人照做的行為。

26 【愛憐病】日治時代對性病的統稱，包括梅毒、淋病、軟下疳、橫痃等疾病。

可笑的是，每一個來來去去、上門求診的病人，都罹患了梅毒。其中甚至還有一位女士，淡漠地陳述她的病情，實在令人痛心。

夏尾副院長大致完成了手術。終於，接下來要著手進行艋舺水池的屍體解剖了。在台北，進行這項手術的設備，只有這家醫院才有。其他開業醫師即使擁有開刀技術，由於沒有足夠的設備，也全都必須到這家醫院來。因此，水池屍體的處置由黑山公醫負責，已經事先協調將到醫院來借設備。今天，由夏尾副院長陪同，黑山公醫主刀。副院長是以助手的身分來幫忙。其餘到場見證的人，還有大西法官、上村署長、池中特務、兩位新聞記者角野、花野，以及總督府羽藤衛生課長、高野技師，其他的公醫兩三名。有這麼多人見證，在當地是史無前例的，正因為最主要的焦點是謀殺事件的調查。

正當所有人等待之際，一名氣質清雅的本島人開了門，來到最旁邊的席次就座。眾人面面相覷，大感詫異。那名本島人似乎不懂日本話，不知開口說了什麼。花野口譯詢問：「請問有什麼事嗎？（老兄有什麼事來）」

「敝姓陳，是艋舺廈新街的醫師。昨晚有人告訴我，今天這裡有屍體解剖，因為我從來沒有見過，盼望能允許我在此見習。（弊姓，陳，小弟在艋舺廈新街，做醫生，昨兒晚上聽見今天這兒醫院裡頭開那個死人的肚裡，少弟還沒有看見什麼樣，所以奉求大人看什麼光景）」

花野口譯轉達大西法官，法官詢問上村署長：「怎麼樣？我們不會介意吧。我想，對他們來說，是見識到先進醫術的大好機會，就允許他見習吧？」

「我們這邊並不介意。但謹慎起見，聽聽夏尾君和黑山君的意見吧。」

於是，夏尾、黑山兩人被喚來，介紹了這名本島人，說明來意。

夏尾副院長說：「哦，這位本島醫師說想見習屍體解剖，真是個非常開明的人，並不是個單純的漢醫啊。我從來沒有遇過這種醫師。雖然聽說有執業的醫師會來，但能讓本島醫師見習，我想是個非常值得深思的問題。

「原因是，本島人非常排斥西醫。完全不服用水藥、粉藥，只聽信配藥缺乏一致性的漢醫，導致疾病無法治療。我們來到台北，必須盡到醫師的義務，改正這樣的作風，但無論是哪家醫院如何地努力，就算開出處方箋，也很少有本島人求診。

「台灣設立公醫的目的，是後藤新平來台後，提出了上述的意見，明訂了公醫制度。但今天從本島人身上也幾乎看不到任何效益。因此，如果能夠展示最先進的屍體解剖技術，他們必定會非常驚訝吧。

「他們不服用水藥、粉藥，抱持著『身體髮膚，受之父母，不敢毀傷，孝之始也。』的思想，一旦看過解剖，不就正好給了本島醫師一個可怕的藉口嗎？本島醫師擔心西醫的先進醫術將讓他們的工作不保，此時若是展示給他們看，他們將會告訴本島人，西醫的手術非常殘酷，絕對不要接受西醫的治療。因此，依我的想法，不應該讓本島醫師見習比較妥當。」

夏尾副院長說完了他的長篇議論。

角野離了席，花野拉平衣袖，稍微拂了拂。

「夏尾副院長，您的意見表達得非常明確，但顯得氣量太過狹小了。讓一位本島醫師見習，是會引發多麼嚴重的事端呢？是他自己決定要看的，這不就明白地表示，他是屬於思想開明的人，而非態度頑固的人嗎？請問衛生課長覺得如何？」

羽藤衛生課長說：「是的。我也覺得沒有關係。」

允許的人占多數，決定讓本島醫師見習。一切準備就緒後，眾人一起進入手術室。

時鐘的指針指向現在的時間，是十一點十五分。

9

大塚檢察官、大田書記官稍晚入內，手術台上已經放置了屍體。清洗乾淨後的屍體，現在正在進行頸部到胸部的解剖。黑山公醫、夏尾副院長、三名助手已經換過手術服了，大西法官、上村署長、羽藤衛生課長、高野技師、兩名新聞記者、本島醫師，都沉默地站著。

引人注目的是，本島醫師一言不發地站著，凝視著那具仰躺屍體的臉，臉色大變。池中請花野口譯，詢問本島醫師：「你的表情好驚訝。」

「我從醫以來這麼久，從沒見過這樣的手術。」本島醫師回答。

待池中特務問完，黑山公醫即右手握著手術刀，來到手術台前，冷靜地開始進行解剖。

片山國嘉

夏尾副院長與兩名助手來到左側協助。轉眼之間，皮膚已被切開。首先，從咽喉的檢驗開始。軟骨並無異常，沒有勒殺的痕跡。接著是胸部，取出肺臟觀察，血液的色澤混入了少許的空氣。沒有異常，並非窒息而死。然後是心臟的檢驗，血液已經凝固，同樣沒有異常。其他各個部位也沒有異常，最後切開胃腸。內部僅殘留了些許食物，除了兩隻蛔蟲之外，並無異常。

不到十分鐘，黑山公醫已經做完全部的檢驗，暫時離開手術台，面向見證的眾人。

「我的開刀技術尚未成熟，所幸獲得夏尾副院長的協助，如各位所見，才完成了解剖工作。然而，令人意外的是，屍體絲毫沒有異常。現在，就讓我來詳細解釋解剖的過程。當然，必須說明的是，身爲一名醫師，我必須分辨這是不是一樁謀殺，是不是構成犯罪。正如我昨天所做的檢驗，如果這是勒殺的話，在頸部外部的周圍，一定會留下繩痕。謹愼起見，我將咽喉切開，檢查通向胃臟的食道、軟骨處，也沒有找到骨折的痕跡。因此，這很顯然並非勒殺。

「然後，打開胸部，檢查肺臟。這是爲了確認是否爲悶殺，例如堵塞空氣殺害，或被迫吸入二氧化碳殺害，這樣的殺人手法在日本很少，但在西方有很多案例。若是悶殺，在肺部表面應該會出現所謂的『溢血點』。但並沒有。是非常普通的肺臟，沒有什麼異狀。

「接著，檢查心臟。若是呼吸性酸中毒，血液一定會繼續流動。但是，在心臟的表面上，所有的血液都已經凝固了。這就不必懷疑是呼吸性酸中毒或窒息而死了。

「最後是檢查胃腸，如各位所見，切開胃腸後，可看到兩端的幽門與賁門，胃腸裡有兩隻蛔蟲，以及消化過無法分辨的食物殘留，找不到異常之處，因此，根據今天的解剖結果，可以證明這具屍體並沒有任何異常。如同我昨天的檢驗，死者一定是病死的。」

黑山公醫解釋完畢，又對夏尾副院長說：「如何，你的檢驗結果呢？」

這次副院長並非主刀，而僅是聽從黑山的指示協助解剖而已。站在協助的立場，若與主刀的意見不同，也許在道義上是不妥當的，因此，他僅簡單地說：「我同意。」

黑山公醫身爲台北執業醫師的第一號人物，是個社會上極有聲譽的人物。夏尾副院長，則是在台北醫院肩負著許多患者的生命，待人溫厚的醫師。經過這兩人的解剖，做出了屍體並無任何異常的結論。勒殺、悶殺、毒殺，所有的猜想，如同雪花般消散了。

池中特務員是失望透了。解剖期間，他時時關注著檢驗結果，手掌緊握而出汗，聽了黑山公醫的結論，不禁目瞪口呆。

「法官，以您身爲預審法官的立場，對於黑山公醫的檢驗，是否感到滿意？」池中追問大西法官，冷冷地說：「如同本官昨天所說的，我認爲這具屍體一定涉及一樁犯罪，但是，今天的解剖卻非如此，甚至毫無懷疑的餘地。」

上村署長說：「池中，放棄吧，已經沒有疑點了。做這麼誇張的判斷，說一個病死的人是被謀殺的，製造了許多麻煩。黑山先生、夏尾先生，辛苦二位了。那麼我就先行離開了。」

他準備立刻離去，卻看到池上滿懷不滿，還想表達自己的意見，馬上加以制止。

大塚檢察官若有所思，突然，對著兩位醫師說：「我長年在內地擔任法官，從來沒有遇過這麼不可思議的屍體。我看過許多被殺害的死者，他們的身上一定能找到傷痕。不過，這具屍體已經腐爛了，我認爲我們並沒有獲得充分的檢驗結果。然而，不管還有什麼疑點，目前已經做到這種程度了，我也無話可說了。」

「是否還有其他更好的方法呢？」大西法官也抱著些微疑問地詢問醫師們。

「如果這樣的檢驗還不夠充分，我也沒辦法了。」

黑山公醫的表情氣憤。

10

黑山公醫再度開口，繼續說：「我之所以判斷這是正常死亡，沒別的原因，只因爲檢查了病死者的解剖部位。一旦出現異常，會構成四種型態，致使心扉開啟，這正是心臟麻痺的證據。縱使是他殺，也會導致心扉開啟，造成他殺與病死難以區別。然而，從剛才的檢驗中，並沒有發現他殺的證據……

「人的致死原因，只有五種：心臟痲痺、大出血、虛脫、窒息，以及反射性的心臟痲痺，沒有別的了。總之，這具屍體的死因，必然是五個原因的其中之一。」

夏尾副院長基於個人在學術上的造詣，以及累積至今的名望，已經難以像先前對檢察官所說的話那樣保持沉默了。

「黑山公醫的解剖，我擔任見證的助手，可以保證絕對是正確的。但是，以醫師的角度而言，這並不是最終的手段。在手術之外，也可以使用化學試驗來判斷。」他冷靜地說。

無論所謂的化學試驗是什麼，這具不可思議的屍體，既不是病死、也不是縊死、中毒而死，現在只有使用這個最終手段，才能解開這具屍體的謎團了。夏尾副院長的意思，是需要進行更進一步的化學試驗。

「到底是怎樣的方法？」大塚檢察官問。

「是採檢胃腸內部組織，進行化學試驗。如果屍體是死於毒殺，例如是被下毒殺害，化驗結果一出來，就能判斷死者是不是病死的。如果沒有異常，那表示正如同最初的結論，除了病死以外沒有其他可能了。

「尤其死於肺病、心臟病等重症，體內多少都會出現異常，但黑山公醫的解剖，是爲了驗證屍體是否死於謀殺，這個檢驗方法，對於病死的現象是不夠精確的。總之，最後的手段，就是化學試驗。因此，必須將胃腸切片放入酒精中防止腐爛，送到總督府衛生試驗所[27]進行化驗。」

夏尾副院長以嚴謹的用詞，表現了縝密的思維。

大西法官說：「那麼，請副院長送到衛生試驗所吧。」接著，轉向羽藤衛生課長：「如剛剛所說的，接下來會送到你那裡。希望可以盡快進行化驗。實驗時請通知我，我會派人見證。那麼，大塚檢察官，我們回去吧。」

檢察官補充：「無論如何，這是一個必須妥善處理的案件，我們要持續推進案情的發展，直到一切都查明爲止。能不能安排屍體暫時安葬？」

「是的。那麼，後續事宜由我來處理。你們請先回去吧。」上村署長回答。

大西法官、大塚檢察官，以及羽藤衛生課長、高野技師各自道別，從醫院離去。

由於屍體解剖結果，並未能讓所有人滿意，黑山公醫感到困窘。他對夏尾副院長說：「這次眞是非常感謝你了。不過，屍體解剖後還需要進行化學試驗，是非常少見的狀況。這種事會變成所謂的徒勞無功吧。醫師要處理的工作非常繁瑣，爲什麼一具屍體必須花費那麼大的心力，去確認到底是不是謀殺呢？」

他不知是質疑還是自言自語地說著。

池中聽了，說：「黑山公醫不適合問這個問題吧。這一點不用多說，只要司法警察在場，任何可疑之處，都必須舉證調查。這就是爲什麼我們有法官和警察的原因啊。無論如何，非常感謝你的幫助。

「我這麼說，你可能會生氣，但一開始你說屍體是病死的，就像夏尾副院長說的，既然是病死的，解剖後，在體內的哪個部位一定會發現異常。沒有檢查這個部分，我們就無法提出反證，因此我們必須作更進一步地確認。」

池中語帶諷刺。想必黑山公醫必然被冒犯了吧。隨後，池中離開醫院，詳細確認了曾在現場圍觀的本島人有哪些人，將他們的地址記在筆記本裡，爲後續的調查預做準備。

接著，他又與花野約好，來到青京館後方的二樓。

時間剛過中午，沒有其他客人，店內只能聽到彼此的交談聲。

「我有事情要和你商量，才約在這裡吃午飯。」

「我也有讓你驚喜的事情要說。」

「是什麼？」

「案件的線索。」

「那太感謝了。今天的解剖結果不盡人意，此外，化學試驗也還不知道是不是謀殺。黑山公醫曾經做過許多研究，我想如他所說，屍體是有可能死於疾病。不過，要等接下來的化學試驗，才知道會不會再繼續失望。

「因緣際會，我們至今認識了剛好半年。我瞭解你的個性，而你也是。因此，一旦確認這是謀殺案，就要麻煩你多費心了。」

「好了好了，這些話在龍山寺已經講過了吧。今天是日本料理，沒有女人就不好玩了，就連女侍都避而遠之，只有我們兩個男的……」

「又開始了啊。你馬上就想女人，眞煩。」

「當然啊。男人喜歡女人，有什麼好奇怪的。」

「我們談完以後，你想幹麼就幹麼吧。」

於是，接下來的數分鐘，兩人開始低聲密談，只聽得見菸灰缸偶爾發出的碰撞聲。

11

密談結束後，兩人的面前陳列了會席料理。花野的眼神也終於舒展開來了，這才放心讓女侍入席陪坐。

「等等，今天可怕的人物通通到齊了呢。」女侍笑說。

「怎麼說？」花野認真地問。

「什麼怎麼說……」她沒再說話。

「少看不起我啊，我可沒有殺害什麼女人啊。」

「你連殺人的念頭都沒有是吧。」

「不，就算我想殺，也會被女人逃走的。」

「是這樣沒錯，而且啊只要你一有錢，就會從女人身邊逃走。」

「這話說得太過分了，有錢已經是這種態度，沒錢連要妳作陪都不行。」

「是啊。你知道就好。」

「可是，覺得我卑賤、可憐的話，就不能讓我當妳的情夫嗎？」

「沒辦法啊。你每天纏著我，搞得我很煩，成天心神不寧。」

「就算是這樣，也挺好的不是嗎？這才是戀愛啊！如果妳不信，可以試試看啊。」

「你這人只會說甜言蜜語。」

「這可不是甜言蜜語啊。」

「對了，池中先生。」女侍轉向池中：「忘了是哪一天了，三更半夜聽見有人大聲敲門，屋裡的人都嚇死了，說警察來了，打開門一看，原來是您。以前從沒遇過這麼讓人害怕的事。剛好那時候，這個房間、隔壁四疊半的房間，還有二樓前面十疊的房間裡，一共有三組客人。」

花野立刻問：「那時的藝妓有誰？」

「你可不能寫到報紙上哦。」

「怎麼可能這樣做？」

「那我告訴你吧。藝妓有文奴、春江、戀梅三個。當時眞的是一片混亂，但文奴已經習慣了，她一聽見敲門聲，立刻一手拿了枕頭，把長襦袢[28]高高捲起，從那邊的窗戶出去，跳到隔壁房子的屋頂，輕聲地躲起來了。

「發生了那種事，春江卻是白川夜舟[29]，就算客人叫她，她卻只揮了揮手，倒頭繼續睡覺。眞是冷靜啊。當時小梅剛好去了廁所，上完以後也不能出去，就在有異味的地方忍耐地等著。我和另一名女侍才剛被通知，一身普通服裝的池中先生，就已經衝進來了。

「『請老闆出來。』您說這句話時的表情好可怕，然後又叫了帳場[30]服務生，問：『今晚有住客嗎？這裡是旅館嗎？』

「『不，沒有住客。』服務生回答。

「『沒有錯吧？好的。』

「我們以爲這樣就沒事了，您卻打開了門口的鞋櫃，找到女用木屐三雙、女用鼻緒[31]雪駄[32]三雙，再問：『這是什麼？』

「服務生回答：『是，這是店裡女員工的鞋子。』

28 【襦袢】和服用的襯衣。長襦袢穿在和服與貼身衣物之間，狀如薄長袍，與和服樣式相似，但無袂（袖袋）或衽（衣襟）。

29 【白川夜舟】比喻熟睡得不醒人事。

30 【帳場】旅館或商店負責計算營業收支的帳房。

31 【鼻緒】木屐前端的夾腳繩帶。

32 【雪駄】經過防水處理、易於在濕地、雪地上行走的平底木屐。傳言是日本茶聖千利休所設計。

「『沒錯吧？』接著，您看了一圈櫃台周遭，又在長火鉢[33]旁找到三個三味線箱，說：『這又是誰的？鞋子、箱子都在，還說沒有住客嗎？

「服務生招架不住了，說：『眞的非常抱歉。』

「『知道抱歉就好。我不會上二樓看藝妓吃驚的睡相，台灣的警察不會爲難料理屋的。』您說了幾句難懂的話，又說：『職責所在，突然做了不知變通的事。』就這樣離開了，後來，您不知道我們有多安心啊。

「藝妓們也很高興，實在是個好警察啊，如果是那樣的警察，一次也沒關係……呵呵呵。她們眞的都這麼說。」

池中說：「不會吧，會有人講那種無聊的事嗎？花野，這些全是騙人的。」

「好啦好啦。」花野大笑。

池中說：「我身爲警察也無法說什麼，但台灣警察的組織很亂，臨檢料理屋有什麼意義？想跟藝妓睡覺的人，那就讓他們去睡啊，想吹尺八的人，那就讓他們去吹啊。台灣與內地不同，還有許多方面正要開始發展，那種事就不必太在乎了，半夜一邊流連花街柳巷，一邊研究台灣話也可以。我生性好奇，也在研究台灣話，未來一定有用的。台灣的警察，面對登錄新戶籍[34]的兩百多萬名在地人，保障他們安身立命的生活，不就是我們最重要的任務嗎？」

花野制止了池中熱切的議論。

「別講了。我剛剛說過，還有件事想拜託你。小姐，可以請妳離席一會兒嗎？」

女侍露出錯愕的眼神，勉勉強強地站起身來，迅速關上拉門。

12

池中疑惑地問：「叫走女侍，到底是要拜託我什麼？台詞雖然有點老套，如果我做得到。」

「做不到也得拜託啊。你會變成月下老人，為人搭起戀愛的橋樑。」

「要拜託的事就是這個嗎？」

33 【長火鉢】放在客廳或茶室的櫥櫃式長形火盆，附有抽屜及煮水壺。

34 【新戶籍】此處之新戶籍應指明治二十九年（1896）八月，台灣總督府曾告諭台灣民眾，要編製新戶籍，以確定台灣島住民的概況。

「是啊。」

「要我做這種事，開玩笑也該有點限度。」

「不，這絕不是開玩笑。」

「不是開玩笑，所以是認眞的？」

「當然。」

「眞佩服，一點都不像你啊。現在還有這種老派作風的人嗎？花個兩錢就能與對方心意相通。在這個世界上，與其拜託別人，當面談才是最短的路徑。而且，你有一種讓女人喜歡你的才能，也不必拜託別人吧。不過，對方是玄人[35]吧？」

「不是玄人。」

「不是玄人，眞是意外。不是玄人，那就是素人了，素人也有很多種，是千金小姐、女僕、保母，還是人妻？」

「我絕沒有婚外情的想法。你說的對，是一位千金小姐。」

「哪裡的千金小姐？」

「猜猜看。」

「這樣啊，台北的好人家不多，應該不會猜不到，但……」

「她曾經是玄人。」
「想不出來耶。」
「你的腦袋眞不靈光，那是……」
兩人的交談聲變得極爲微弱，在花野的口中與池中的耳中消失。
池中以嘲諷的語氣說：「哦，你是想說自己是台北唯一的美男子嗎？」
「不，你是我的朋友。別那樣說啦。」
「那麼，你是說你想要傳達對她的心意，對吧？」
「不，我們已經上過床了。」
「動作好快，眞不愧是你啊。那不必拜託我也行啊。」
「你說的是眞的嗎？」
「沒人說謊啊。不過，被迫說出口的話，聽起來就像謊言了。首先，你現在的工作，是一名新聞記者，每個月的薪水，我這麼說你可能會生氣，不是太豐厚。再者，社會上對記者這個職業的評價又是如何？還有，你的品行、信用，是由你的行爲決定的。

35 【玄人】此處指的是特種營業工作者，如娼妓、藝妓、酒女等。相對於玄人，素人是一般工作者。

「另外，你的性格極爲輕佻，我不是想拉低你的評價，但是你的長相，也不是女人喜歡的臉，而像是病人的臉。這樣想的話，剛才的請託，我是無法承擔的啊。」

「沒這種事。情歌裡也有寫啊，由於妳對我迷戀不已，所以我深信不疑，像我這樣的人，也能擁有半打的情人。」

「即使你一個人深信不疑，對方可能也只感覺到烏鴉停在水牛上。」

「你也這麼覺得嗎？其實，池中，剛剛說的都是假的。」

「果然。玩笑話就免了。中斷我發表警察的議論，來聽你講愛情故事，眞討厭啊。」

「好，不鬧了。聽我說吧，接下來才是正題。」

接著，花野的態度變得嚴肅起來。

「今天就只先說個開頭吧。其實，我每天出入的總督府裡有一名高級官員，是他委託我的。那名官員從那位女子在見習期間起就深受吸引了。他不是玩玩，而是眞的想娶對方，但她的年紀太輕，無法簡單地發展出那樣的關係。

「男方並不著急，急了就壞事，只能靜待時機。不過，他想要試探對方的眞正想法，畢竟她剛好在非常羞澀的年紀，只說她還不瞭解那種事情，他又問這樣沒關係嗎？她以可愛的語氣回答，你喜歡就好。

「就這樣，官員與她心意相通，感到非常喜悅。但很快地，發生了一些事情，她辭了工作，回家當千金小姐了。然後，自然就沒辦法像以前那樣見面，沒辦法見面，思念必然是與日俱增啊。但是，他是個有身分地位的人，總不能變裝從後門偷偷摸摸地溜進去吧。

「正當他想要光明正大地提親時，收到了一封決鬥信，讓他大爲驚慌。怎麼樣，我想拜託你的事，你大概明白了吧？」

「明白了。那麼，那封決鬥信裡寫了什麼？」

「好，別急，那封決鬥信在這裡。」花野像是突然想起來似地，從和服的袖子裡取出一封信，遞給池中閱讀。

> 請讓我簡單說明。素未謀面，但我聽說您準備向您所深愛著的女子，以前當過半玉[36]的芳枝提親。然而，很遺憾的是，我最近已經與芳枝締結婚約了，無法如您所願。不過，若是您有意願，我希望與您決鬥，勝利者可以娶她。至

36 【半玉】玉代為藝妓伴遊費，又稱花代。半玉為此費用的一半，指尚未學成、還不能獨當一面的藝妓。

幾天後的十九日為止，若您在距離西門十間的城牆地面上，在不顯眼之處留下「同意」的紙條，我會再另外通知您決鬥的地點與時間。

明治三十年九月十五日　匿　名　者

總督府民政局事務官　森山茂先生

如無回覆，即依我的提議進行。

「事情就是這樣。這一定是恐嚇，不能放任不管，他問我是否能幫忙找出這個匿名者。我的人脈很廣，但沒有偵探技巧，所以才希望你幫忙，在兩三天內找到這個人。你會得到豐厚的回報，我可以保證。」

他們談完以後，接下來就是花野等不及要與藝妓玩樂的時間了。

13

台北地方法院的事務室裡，坐在桌前的是大西法官，鄰座是大塚檢察官。隔了這張桌子的椅子上，坐著上村署長與池中特務兩人。桌上放了一張紙。

大塚檢察官首先開口：「辛苦你們了。總督府衛生試驗所收到夏尾副院長送來的胃腸切片，今天早上，衛生試驗所已經做了檢驗。這件事情，羽藤衛生課長也打了電話通知，請大西法官進行確認。檢驗的細節就省略了，只談結果，果然沒錯……」

這時，池中突然忍不住質問：「是毒殺嗎？」

「確實是毒殺。」大西法官高聲回答：「先前也在場的高野技師負責檢驗，確認在胃腸中含有亞砷酸的成分。他也送來了衛生試驗所的檢驗報告。」

恰好，這時高野技師來了。

「剛剛接到電話，說有重要會議，馬上趕過來了。」他在一旁的椅子坐下，說：「就是這件

西門通

事情，我主要想提供偵查的意見，向上村署長與池中特務說明檢驗結果。」

「關於專業知識，本官確實一無所知。」

「好的。首先把胃腸的內容物放進試管裡，投入各種藥劑，將水分蒸發，去除酸性，再以酒精燈加熱，結果在乾燥的陶器裡面，發現到附著的黑煙。這就是胃腸裡含有毒藥的證據，稱之爲砒霜鏡[37]。這一定是用連二亞硫酸毒殺的。」

他嚴肅地說完，出示桌面上的紙。

「若是如此，屍體是遭人毒殺，凶手將他丟棄在水池內，一定是爲了隱匿證據。不得不說，黑山公醫的檢驗搞錯了。確定是毒殺的話，那就必須盡速找到犯人。自從台灣設立法院以來，除了土匪作亂之外，還是頭一次發生內地人之間的毒殺事件。總之，這是一樁重大案件。

「本官起初雖然存疑，但黑山公醫的檢驗並非如此，使案情墜入五里雲霧之中，今天的檢驗澄清了全部的疑點。案情如果公諸於世，導致犯人逃亡，偵查將會變得更困難。我認爲必須立即著手偵查，那名被殺的內地人，到底是從事什麼職業，爲何會被人毒殺，被人毒殺之後，爲何會被丟棄在水池裡，現在重新思考，這絕不是一件尋常的男女情愛糾紛所引起的毒殺案。我認爲，一定有更複雜的內情。

「尤其屍體的年紀並非壯年，怎麼看都是老人。很顯然的，這與男女情愛糾紛無關。此外，屍體沒穿衣服，也沒有隨身物品，屍體無論何時被發現，都沒有留下任何證據，對於犯人來說，這一定是最安全的處置吧。

「偵查工作應該會很辛苦，上村署長，請您全力以赴了。池中特務，關於本案，你是否還有什麼線索？」

池中沉靜地回答：「還沒有發現其他線索。先前尚未釐清這具屍體是否遭人謀殺，沒辦法進行偵查。現在既然判定是毒殺了，我會竭盡所能地調查。我從一開始就著手處理這個案件了，屍體也是我發現的，我想我必須找出凶手，解決案件。」

上村署長問：「池中特務是單獨負責本案，還是需要加派人力？」

「不，我一個人就夠了。我原本在兵庫縣也擔任過特務，多少有些經驗。區區一名犯罪者，不可能抓不到。雖然署長可能會說我一個人的負擔可能太重了，沒辦法勝任，但還是請允許我一個人進行調查。」

---

37 【砒霜鏡】［砒素鏡］1836 年由英國化學家 James Marsh 所發明，可檢測最小劑量的砷，主要用於法醫學鑑定。將檢測物與鋅、硫酸混合，若其中有含砷化合物，就會生成砷化氫，再導入加熱的玻璃管中，砷化氫就會部分分解，形成亮黑色的砷鏡，而測得砷的存在。

「如此充滿熱情，真是太好了。中村特務在偵查上也是經驗老道，如果有什麼疑問，也可以向中村請教。」

「是的。檢察官，針對您剛剛所說的話，我想起有一些疑點可以深入調查，有可能是這個案件的線索。」

「是怎樣的疑點？」

「第一，我有個在《台北新報》工作的朋友花野，屍體發現當日，他在某個地方聽到本島人的爭吵，從他們口角的狀況來看，也許與案件有關。因此，我首先想找到這兩名本島人。其次，先前在醫院進行解剖時，有一位獲准見習的本島人，我發現他看到屍體以後臉色大變。我想，這其中說不定有什麼原因。調查那名本島醫師，可能會發現什麼線索。」

「如您所說，沒有證據這樣的東西，只有一張草蓆、粗繩、褌布而已。除此之外沒別的了。褌布不是木綿製品，而是羽二重織[38]，這表示死者一定不是勞工階級。但是，沒有其他線索了。總之，接下來開始尋找證據吧。」

「原來如此。當務之急，是偵訊那名本島醫師，並找出發生爭執的本島人。」上村署長說。

大西法官也跟著說：「請盡快開始，看你大顯身手了。」

「非常感謝。」池中一臉滿意。

此時，事務官入內，向大塚檢察官告知收賄事件即將開庭，檢察官便先行離去。

14

「您的車。」池中巡查搭乘了在路邊候客的人力車。在青京館裡，花野說到了艋舺北皮寮街的鴉片館內有兩名本島人發生爭執，看似與毒殺事件有關，他認爲這是個有利的線索，離開台北地方法院後，在警

38【羽二重織】日本傳統的高級絲織品，以經絲與緯絲交錯，平織製成，表面富光澤感。明治時代輸出歐美的織品中，以羽二重織占最大宗。

察署與上村署長道別，接著往北皮寮街前去。

池中已經不再是昨天以前的池中了。他肩負毒殺事件偵查工作的重責大任，加上證據幾乎都被湮滅，究竟該如何進行調查，他實在毫無頭緒。就像是雙眼被毛巾蒙住，被丟進喧囂的街道上，被詢問剛剛搭車經過的人是男是女？穿著什麼樣的服裝？如果是女性，是年輕女子還是老婦人？眞是棘手的工作啊。檢察官特別提醒他應當全力以赴，而上村署長認爲池中一個人勢單力薄，便命令中村特務巡查接受他的指揮。

正如池中在法院裡所說的，他曾任職於兵庫縣警，處理過順手牽羊、闖空門、浴場盜財、偷竊、搶劫、放火、賭博、銷贓、詐欺、詐領委託物品、強姦、持械搶劫等案件，殺人事件僅有一次調查經驗，而且，其實是大阪南警察署的特務將犯人逮捕的。那樁殺人事件，由於留下了寬刃菜刀的明顯物證，查明破綻並不困難。那只是持刀搶劫，與毒殺事件完全不同，必須有更高明的手段，到底能不能破案，池中自己也沒有把握。

然而，池中總是被同事嘲笑，這使他十分氣憤，現在看好了哦，只要發生案件，我可會有出其不意的表現啊，他日思夜想著，勢必要肩負起這個重責大任。朋友花野精通台灣話，萬一案件與本島人有關，恐怕會因爲不諳台灣話而陷入困境，便早早與花野約好，請求他的協助。

前往北皮寮街以前，池中先去了《台北新報》的宿舍。下車後，拜訪花野的住處。

「喂！喂！」他在玄關叫喚，沒有回應。他心想，大概是外出了吧。既然我們很熟，那就不必客氣，直接拉開紙門了。結果，花野大白天的仍在睡覺，正所謂「春眠不覺曉[39]」的狀態，床頭還亮著昨晚點的一盞小燈籠。池中再次叫醒花野。

花野終於醒了。

「啊，池中君，好早啊。」

「你以爲現在幾點？已經十點了。還在睡啊。我先跟你說，那具屍體是被毒殺的。我現在要去你告訴我的那家在艋舺的鴉片館，先前跟你約好了，我們要一起去。」

花野打了一個大呵欠。

「原來眞的是毒殺啊？我也是這麼覺得，不管怎樣，這個問題總算順利搞定啦。對了，關於在青京館提到的委託，我昨晚收到了對方的信，要我趕緊找人，看來他很著急的樣子。我不認爲那種程度的恐嚇，需要怕到那種程度，我想可能還有什麼內情。我這邊的請託也別忘了，反正，這件事還有兩三天的時間，我們先出發吧。」

39 【春眠不覺曉】即唐代詩人孟浩然之詩作〈春曉〉，日譯為「春眠暁を覚えず」。

他洗了臉，迅速吃過飯，穿好衣服。

「那走吧。」

「你的生活眞是簡單。」

「單身就是這樣，很可憐吧。」

「你總是穿得很時髦，那件舊衣服怎麼了？沒有女人替你縫補嗎？」

池中曾在這裡看過許多花野收藏的藝妓照片，想來是他沒有家人，非常寂寞的緣故。他說其中有他母親的照片，也不知是眞是假。

「當然有。但我不想收女人的禮物。我有我的作風。」

「今天不必開玩笑了。快點走吧。」

就這樣，兩輛車壓開碎石前進。

兩人在北皮寮街下車，前往寶仙的鄰宅後方。

鴉片館的老闆娘十分吃驚，這也理所當然，畢竟這種地方從來沒有內地人來訪。雙眼圓睜的老闆娘上了年紀，似乎稍微懂一點日本話，問：「你是誰？」

池中請花野口譯他的問題。

「昨晚這裡有兩名本島人打架。那兩人住在哪裡？（先日晚上，阿片館內面二個本地人，相打彼兒二個人住那兒）」

女人思考了一下。「我不知道。（我不知）」

「不知道嗎？妳是這裡的老闆娘嗎？（你不知你，這兒主人）」

「對。（當）」

「妳是老闆娘，卻什麼都不知道嗎？我們是警察，請妳別說謊，要說實話，不然是有罪的。（你主人什麼不知，私們警察官，不要說白賊溝實在，你有罪）」

「大人，請你原諒啊。我完全不知道他們住在哪裡啊？大人有要事的話，我請小孩帶你們去那兩個轎夫常去的貸座敷[40]。（大人憫愍，我不會得法度，彼兒二個轎夫不知住那兒，大人要事，我叫仔導去二個轎夫常常去嫖妹間）」

於是，兩人由小孩帶路，前往他們常去的貸座敷。

15

40 【貸座敷】妓院。明治五年（1872）日本政府頒布娼妓解放令、禁止人口買賣以後，仍維持公娼制度，將原有的遊女屋改制為貸座敷，一律由內務省管理並限制營業地點，至昭和二十一年（1946）廢除公娼制度為止。

小孩帶領著池中、花野兩人，穿過橫亙龍山寺的窄巷，停在一面紅磚牆前。

他叫喊：「開門呀！開門呀！」

「什麼人？」裡面傳出聲音。

「是我。」門打開了。

小孩與兩人一起入內。屋裡的女主人，以恐懼的眼神看著小孩，詢問兩人的來意，小孩做了大致說明。於是，就如同鴉片館的老闆娘所說的，那兩名本島人就在這裡。

池中、花野兩人進入最裡面的房間，對女主人說，有事情詢問兩名本島人，請帶他們過來，接著就坐下來等候。兩名本島人慌張地來到他們面前，不知道發生何事。這時，池中的神情嚴肅，捻著稀疏的鬍鬚。

「你們要說實話，如果說謊可是重罪。（你們講白賊，辨重罪，話實話）」

突然聽到這句話，大概沒有人不害怕吧。兩人縮著身子，語氣恐懼。

「我不知道您想問什麼。我們都很誠實，絕對不說謊。（我不知什麼用，我老實，不講虛言）」

「笨蛋。你們說自己很誠實，這種話誰會信？（戇，你自己講老實，不人信）」

「是眞的。（實在）」

「你們前幾天去了北皮寮街，爲什麼打架？（你們先日去北皮寮街阿片館有相打，什麼事）」

「沒有打架。（不相打）」

「你們說謊。我那時在隔壁，全都看到了。（你講白賊，我在隔壁有看見）」

這時，另一人插嘴。「您到底想要怎麼樣……（大人要什麼）」

「我是巡查。（警察官）」他們聽了，不禁大驚失色。

「大人請原諒。我們兩人是有打架沒錯，但並沒有什麼理由。（大人拜託恩典，兩個有相打，不什麼意志）」

他們的話中巧妙地隱藏了眞實，池中感到不耐煩。「喂，花野，我受不了了啊。聽你跟本島人說話，眞讓人心煩氣躁。」

「是的，但請稍等啊。與本島人應對，一定要有耐心。你看這兩名本島人，我們還沒有發現他們眞正犯了什麼罪，對吧。你不能因爲他們說謊就把他們當罪犯逮捕。沒關係，交給我吧。」

花野再次對本島人說：「其實我全都聽到了。是誰給你們二十圓的？二十圓是很大的金額，到底是爲了什麼事？（俱各我聽過了，什麼人給你二十圓，二十圓多金，你二人假什麼事）」

本島人終於不得不將秘密說出口了。尤其是花野使用了與內地人形象不符的台灣話訊問，如今已經無法繼續隱瞞了，不能不說明那二十圓的事情，可能得出賣委託人了。不過，他們的心中果然還在掙扎，兩人互看對方的臉，不免猶豫起來。

花野說：「池中，說點警察會講的台詞吧，我來口譯。首先用你那張臉盯著他們看，眼睛一睜大，本島人一定會害怕地畏縮起來的。拿本島人當對象試試看如何，就像成田屋[41]那樣？」

「你怎麼又開始了，該嚴肅的時候別開玩笑啊，事關警察的威信。正如你所說的，這些本島人不好應付。我就用你所謂的警察會講的台詞吧。很抱歉，還是得請你口譯。我訓斥時，你也大聲地說，表現我很氣憤的樣子。」

「好的好的。」

於是，花野依照池中的話口譯給本島人聽。語意相同，但語氣更爲粗暴。

「我只是要問，這二十圓是誰給的？你們做了什麼事？你們回答這些就夠了。如果你們不說的話，那就沒辦法了，我要帶你們去警察署。（我不過聽，你二十圓什麼人給你，也你做什麼事而已。你不說時候，沒有法子我傳警察）」

最後一句話，似乎貫穿了本島人的心。本島人開始說出眞相。

「我說我說，請不要將我們帶去警察署。（我告訴，大人給我恩典，不可捕警察）」

本島人終於開口了。

16

錫口的錫口街聖王廟前，街道上有一間轎店。

九月十四日下午五點左右，是牧童將整理田地的水牛牽回家的時間。肩挑鋤頭的農夫匆忙地趕路，看似向著北山去。同時，兩個本島轎夫正在這間轎店休息，拿著可能會被誤以為是拐杖的長菸斗，抽起難聞的菸草。

「今天完全沒客人啊。（今日不人來坐）」

「今晚在這裡休息，明天一早再回台北吧。（今晚這兒休息，明朝回去台北）」

---

41 【成田屋】歌舞伎名門之一，為市川團十郎家系的屋號。此處指的是歌舞伎演員表演時，掀起戲劇高潮的關鍵演出。

他們一邊說話，一邊將放在外頭的轎子緩緩推進店內時，一位相貌高雅、年紀大約四十八、九歲，像是有錢人的本島人，從基隆河的渡船頭來，站在這間轎店前，詢問正在休息的兩人。

「我想去台北，有轎子嗎？（我愛去台北，有轎不）」

「有，是回程台北的轎子，您請上坐，價錢方便就好。（有我愛去台北，大人坐，錢隨便給我）」

這位本島人滿臉笑容地乘了轎，返回三板橋[42]時，已經是日落的時刻了，燈影閃爍。

快到北門時，轎裡的本島人說：「停轎。」

轎夫照他所說的讓他下轎。他掀開了布簾出來，一邊說：「有勞。」一邊從口袋裡掏出兩枚銀幣。但轎夫認爲給太多了，不能拿。

「不必客氣。（不可遠慮）」

艋舺遊廓

他要求他們非收下不可，兩名轎夫行了禮，準備離去之際，本島人又叫住了他們：

「我有事拜託你們，請給我地址。明天我去你們那裡再說。一定會奉上厚禮。」

兩人有如架上掉下牡丹餅[43]似的，像作夢般地高興起來。「其實，我們沒有固定的住處，大多是住艋舺的阿秋貸座敷，先生您明天來，我們會在那裡等候。」

雙方做好約定，本島人與他們道別，他們才挑著空轎回艋舺去。

「今晚的老爺子真有錢，從錫口到台北居然給了兩圓，該不會是假錢吧？（你今夜老爺他較有錢人，錫口到台北二元銀我想這個假銀）」

「那位先生要讓我們賺大錢，不知道是什麼事？（他說明日託我有、鑽錢事什麼）」

他們忘了沉重的腳步，當晚住宿在艋舺的阿秋貸座敷。隔天，他們等候昨夜的先生來訪，聽見前門有人敲門，起身出去迎接，結果，現身的人竟然裝扮完全不同。

他沒有留著垂至下襬的辮子，身穿寬鬆的大理石布紋麥爾登外套，頭上微禿，白髮

42【三板橋】日治時期台北市的地名，其所屬範圍約是現今中正區、中山區一部分，境內有日本人墓地。

43【架上掉下牡丹餅】日本諺語，比喻幸運地收到天上掉下來的禮物。牡丹餅即萩餅，以糯米或混合粳米炊製，再用紅豆泥裹成圓球形的日本傳統點心。

夾雜，臉頰容光煥發，無論怎麼看，都是個日本人。兩個轎夫見了，簡直是大吃一驚。西裝紳士態度沉靜，淡淡地笑著。

「別驚訝，我不是本島人，是內地人。（不可驚，我不是本地人，日本人）」

聽他這麼說，再次令人驚訝。的確，他的台灣話很熟練，但感覺有些不一樣，原以爲不是土生土長的本島人，大概是上海那一帶的人，想不到竟然是日本人。

紳士看了看四周。

「這裡有其他人嗎？有的話，請他們離開。（這間不人，也有人，吩咐吩咐他出去外面）」

「這裡只有兩個女人。（這間有二個婠）」他們一邊說明，一邊請兩個女人先到外面去。

「沒有別人了。先生請問您要做什麼？（不人，大人你要什麼事）」

紳士微微點頭。「我要拜託你們的事，你們聽了請別驚慌。土匪首領陳秋菊[44]是我的朋友，我想要送貨給他，要請你們幫忙帶去。（我講你們驚，不肯我託你，我生氣土匪頭陳秋菊我的朋友，一個行李我要送他我寄擔）」

兩人愈來愈驚訝了。陳秋菊是台北、新竹一帶眾人皆知的土匪首領。在本島人的心目中，他是最可怕的大人物，這個自稱是陳秋菊朋友的人，居然是穿著西裝的日本人，太不可思議了。此外，要送給陳秋菊的貨，到底又是什麼東西？

「先生您說您是日本人，這是騙人的吧。陳先生跟日本人有仇。這怎麼可能？（大人不是日本人你欺我，是陳大人嫌日本人，不這兒緣故）」

「其實，我並不是日本人，而是上海人。我想開個玩笑，故意說自己是日本人，看你們會不會嚇一跳啊。（你看，我不日本人，我眞實上海人，南無三說你什麼驚，所以我說日本人）」

「先生，您要送什麼貨品給陳先生？什麼時候必須送到？（大人什麼東西送陳大人，也何時擔）」

「你們馬上就知道了。我現在去拿。（下天你會得現時）」

「明白了。陳先生現在住在哪裡？先生願意給我們多少錢？（好，現時陳大人住那兒，大人給我多少報金）」

「二十圓。（二拾元）」

44 【陳秋菊】清治時期林朝棟所屬棟軍之將領，日治時代多次起義，曾騎一匹白馬率眾圍攻台北城，有白馬將軍之號。後受日本招撫，獲得樟腦製作特許權而致富。

「二十圓，那太好了，這樣是一個人十圓。（二拾元，勞力，一個人十元，較好）」

二十圓給兩個人分，一人能拿到十圓的報酬。見到兩人得意喜悅地等候差遣，身穿西裝的紳士十分滿意，從隨身的手提包裡取出閃亮的二十枚銀幣，丟到兩人面前。

17

兩人收下山吹色[45]的二十圓，高興得不斷道謝。

西裝紳士壓低聲音，說：「好了。你們已經先收了錢，就必須遵守約定。我現在要搭轎子到府前街三丁目朝陽號[46]去。朝陽號是一家旅館。不過，我話說在前頭，我要送貨給陳秋菊的事情，你們不准跟其他人說。換句話說，關於我的委託，你們必須保密。（錢先拿，你不能失約，我坐轎要去府前街三丁目朝陽號，朝陽號是客店，我先說不可講他人我送陳秋菊東西我託你俱各點點）」

「明白了。先生，請問貨品在哪裡？（好，大人東西有那兒）」但紳士聽了，並沒有回應。

於是，轎夫備好轎子，馬上前往府前街的旅館朝陽號。

抵達後，紳士下轎，說：「在這裡等一、兩個小時。貨在旅館裡。陳在錫口的五份庄[47]。你們明白吧，拿到貨以後放進轎裡，馬上出發。現在先讓我寫一封信。（一二點鐘等候，物件在這客店，陳在錫口五份庄，你識，物件置這轎緊緊行判陳厝，我寫信寄你）」

說完，紳士就進了旅館。兩人在門外等了兩小時。結果，西裝紳士帶出來的貨品令人意外，竟然是一個人，而且還是一位美麗的婦人。

轎夫問：「先生，貨品就是這位夫人嗎？（大人，物件是什麼這兒媠人）」

45【山吹色】日文的「山吹花」即棣棠花，花瓣為鮮黃色，常為黃金或錢幣的黑話。

46【朝陽號】［朝陽号］明治二十八年（1895）起業的和式高級旅館，兩層樓，客房三十九間，為鹿兒島縣人朝比奈正二所經營，是內地人來台開設的第一家旅館。

47【五份庄】位在錫口，應為現今五分埔一帶。

轎夫

紳士僅僅點點頭，兩人不知說了什麼，那位美婦人立刻坐上轎子。

她垂下布簾，關上窗子。

「送給陳先生的貨，就是這位婦人。（送陳東西這兒嗑）」他從口袋中取出懷錶。「還不到十二點，現在出發，日落前可以回得來。（現在未到十二時點，起身日沒能回來）」

他將一封信交給轎夫。轎夫挑起了轎子。紳士像是石像般一動也不動，目送轎子離去。

於是，大約三點左右，轎子到了紳士指定的五份庄，抵達陳秋菊的藏身處。

放眼望去，四面竹林環繞，正門是非常堅固的磚門，其上的牆壁之間開了槍口，進了門，踏上一道小徑，正面是一座在鄉間難得一見、富麗堂皇的宅邸。

轎夫停下轎子，一邊喘氣，一邊摸索口袋，拿出了紳士交付的信件。信件交給僕人，僕人進了屋內又返回，請轎子直接進屋。轎夫再次挑起轎子，經過了三間屋子，在最深處的屋子前停下。

僕人說要取貨，婦人掀開布簾從轎內出來，環顧了四周，用日本話詢問轎夫，但卻無法溝通，接著，僕人帶著婦人消失在屋內。

過了一陣子，轎夫看無人回應，想說直接回去好了，便先行離開。當他們抵達艋舺時，已經是傍晚六點左右，兩人高興地鬆了一口氣，終於把大事辦妥。於是，他們決定去鴉片館，好久沒去玩樂了，他們一同來到北皮寮街的鴉片館，在那裡住了三個晚上。

兩人把事情說完，害怕地看著池上的臉。池上十分意外，表情呆然。

「喂，花野，眞沒想到。我愈來愈不能理解了。剛剛依轎夫所言，有位穿著西裝的本島人，讓一名日本婦人乘轎送到土匪首領陳秋菊的住處，並致上二十圓的謝禮。這麼說來，看起來跟我們正在追查的謀殺案無關。應該說，我們發現了一個毫無關係的案件，也就是一個本島人將一名日本婦女送到陳秋菊那裡的新事件。這會變成犯罪嗎？還是不會呢？」

「不管怎樣，只是接受了這種程度的請託，就送上二十圓的謝禮，不覺得太多嗎？」

「我也這麼覺得。那名西裝紳士，會不會是綁架了日本人婦女呢？陳秋菊既然是土匪首領，他可能是擔心傳出自己和土匪有關係，被警方察覺，才給了二十圓的封口費。」

「一開始搭轎的本島人，隔天去了轎夫的家，衣服全變了，還說自己是日本人，是這件事最奇怪的地方。」

「這也是。不過，仔細一想，我們也一點都不必失望啊，能查出陳秋菊的住處，不是很棒嗎？沒有人知道他躲在五份庄。比起謀殺案，這才是大案件啊。總之，我要馬上向警察署長報告，謀殺案可以晚點再處理。爲了逮捕陳秋菊，要讓那兩名本島人帶路，要是他們不見了，可就麻煩了。我們得想個什麼理由，讓他們被警方拘留。」

這時，池中似乎已經忘記自己的本分是謀殺案的偵探。

「剛剛他們說，第一次收下二圓時，認爲拿到的可能是假錢。我們來檢查一下後來拿到的這二十圓的銀幣。」

「原來如此。這就是偵探才有的細膩思維啊，我眞的遠遠不及。可是，要是那樣的話，事情也太簡單了吧？不過，陳秋菊這種人可不能隨便信任，一定要仔細確認。還有，後續那兩名本島人的處置也很重要。總之，先檢查銀幣吧。」

一如既往地，花野動了動他美麗的紅色嘴唇。

18

花野對兩名本島人說：「從穿西裝的上海人收到的銀幣，拿出來看看是怎樣的東西。」

「好的，去了五份庄回來以後，經過兩個晚上，也就是您在隔壁聽到我們發生爭執的晚上，後來我們分了錢，我買了鴉片和其他東西，現在銀幣只剩兩圓了。」

「好，那麼把這兩圓拿出來看看。」

「您要拿走嗎？這些錢又不是做了壞事才收下的……」

「別廢話了，快拿出來。」

「好。」他遲疑地從掛在腹部的袋子取出兩圓的銀幣。

池中拿在手上仔細確認，重量與正常的銀幣相同，但上頭鑄造的龍紋有異常之處。他拿出身上的銀幣比較，確定這是精巧得肉眼難以辨識的僞幣。

上海外灘

花野問：「怎麼樣，是假的嗎？」

「看起來是假的。不過，不做鑑定不知道。這兩圓我先留著，還得把這兩人帶走。」

池中先將這兩名本島人帶到艋舺警察署拘留兩三日，再從新店街轉向廈新街，到本島醫師兼藥房的住處去。屍體解剖時，陳表現得非常震驚，他想要追究原因。

這時，一名傭人出來接待，說陳醫師剛好在家，領兩人入內。陳見到池中和花野即行了禮，立即詢問他們的來意。

池中說：「突然來訪，其實是想要詢問一些事情……對小官的問題，請不要有任何隱瞞。」

「不知道您想問什麼，但我沒什麼好隱瞞的。究竟是什麼事？」

池中見帶他們進門的傭人還在，向陳使了眼色。

「阿泰，大人有事要問，你先離開吧！」

傭人離開後，池中說：「前幾天，你在台北醫院看見那具從水池裡打撈上來的無名屍體，我看到你非常驚訝，你之所以那麼驚訝，我想一定有什麼原因吧，關於這點，請你告訴我實話。」

陳思索了一陣子，拍了一下手說：「原來如此，有這種懷疑很正常。這個世界上的事，眞是無奇不有啊。說來話長，但讓我簡述重點吧。其實……」

現在又能再聽見什麼奇事，令他們的胸口彷彿雷鳴。

不過，池中很在意陳秋菊的案子。如果那兩名本島人的話是眞的，這正是逮捕陳秋菊的大好機會。縱使不是陳秋菊，而是其他人，也可能是陳的手下。尤其值得懷疑的，是穿西裝的上海人。那位日本婦人是被他綁架的，或者是，出於什麼原因而遭他誘拐，必定會有人請求警察署偵查，就算是妓女或藝妓，沒有任何偵查要求也很奇怪。無論如何，他希望能盡快破案，內心焦急，聽陳說這件事不知道要講多久，早已失去耐心。

「花野，眞的很抱歉，但你今天可以向報社請假一天嗎？正如我剛剛說的，我想要查明陳秋菊的狀況，查明本島人的證詞。我還想好好思考，穿著西裝的中國人是否與謀殺案有關。所以，我想先回署裡與署長商量一下。我必須立刻出發，盡快回來。請你替我向陳問話吧，拜託你了。」

他一說完，就立即外出搭車，趕回台北警察署。

這時，上村署長儀態威嚴地坐在正面的椅子上，展開了一份申請書。池中特務毫無遲疑地走向前來，行禮致意。

署長說：「怎麼樣，有什麼線索嗎？」

「不，完全沒有……不過，我查出了意料之外的事件。」

池中向署長報告事件的始末，署長不禁皺眉。

「奇怪，這樣的話，那個身穿西裝的上海人就是將日本婦人送到土匪頭子陳秋菊那裡去了。真是一件棘手的案子。不過，事實無可否認。讓我來調查吧。我要傳喚那兩名本島人。」

「我也這麼認爲，所以將他們拘留在艋舺警察署了。我打電話去把他們帶來。」

「你眞是細心。那麼去打電話吧。」

「好的。」

池中進了隔壁的電話室打電話。

「我是台北警察署的池中巡查。對……請問你是……松井嗎？……我剛剛拘留的兩個人……是的……署長要對他們兩人問話，請你馬上帶他們過來……知道了……這樣啊……好的。」

打過電話，池中再度回到署長面前，發現了桌上的那張申請書。

19

花野一個人被留在艋舺老街上藥房兼本島醫師陳方的家。

在池中離去後，他心想，今天沒辦法到報社去，主編一定會抱怨吧，花野怎麼了？從早上就沒看到人，一定是從昨晚喝到天亮吧？大概會這樣懷疑吧？但是，都已經上了船，只好聽聽這名本島人要說什麼了。

「你想要告訴我什麼事？（我要聽見應麼樣話）」

「先生，這眞的非常不可思議。我今年在廈門，曾經見過那名死者。（大人有奇怪的事，我今年在廈門時候我有會面那個死人）」他說。

艋舺市街

我住在台灣很多年了，但我的老家在廣東。我的父親是醫師，所以我從小開始學醫，希望將來可以獨當一面，但我應該在哪裡開業才好呢？某日，我與祖父商量，既然要獨立生活，那就應該去一個嶄新的開墾地。所幸，距離廣東不遠的台灣，那時是一個開墾不久的土地，一定有很多飄洋過海來謀生的人。那麼，病人也一定很多，而且，住在那裡的本島人們，生活環境還不夠完備，藥也一定很少。怎麼樣，去台灣吧？他這麼說，我才有了這樣的打算。

既然如此，祖父替我寫了介紹信。我的祖父與林翻源以前是好朋友，他寫信給林家請他照應孫子，於是，我就搭戎克船[48]來台灣了。

超乎我的想像，這裡是一個非常繁華的地方，令人不容小覷。我立即去了板橋的林家，與林先生會面。我向他請教了一些個人的意見，他給了我極好的建議，說可以在台北艋舺開一家藥房，兼任醫師，生意一定會很好，我便立即開始執業了。那是光緒十九年的春天，距日軍進入台北還有兩年。

僅僅兩年，時局就有了這麼大的變化，在那之前，我逃到了廈門。當時，林先生和他的家人也去了廈門。我打算順便回家，我馬上動身返回廣東的祖父家，由於廣東離廈門很近，我也拜訪了廈門林家。

那剛好是今年四月的事。我很久沒來了，應該好好地遊樂一番，便在林家住了十天。然而，某天我受邀到林先生的房間，正在談著四方山話[49]時，信差來訪，送了一張紅紙書寫的名片，說有訪客希望會面。

名片上的名字是賴阿蒙。林先生說，他不認得這個名字。信差說，那位訪客帶來了台灣吳先生[50]的信件，希望務必能見一面。林先生同意了，決定讓他到這裡來。我想要暫時離席，但林先生說沒關係，可以留下來。不多久，房間裡就進來了一個衣著高雅，四十五、六歲左右的男人。初次見面，先打了招呼，然後開始抽鴉片。如您所知，我們通常不喝茶，而是抽鴉片。

吸著鴉片的林先生讀完了吳先生的來信，說裡面並沒有寫什麼特別的事情，只說詳情要問賴，他是自己所信任的人，可以安心說話。而那位吳先生，是宜蘭有名的土匪頭子。

48 【戎克船】［ジャンク］又稱為艅。自十六世紀起航行在台灣、中國之間，用於近海與河道運輸的中國式帆船，後被輪船所取代。

49 【四方山話】［四方山の話］變化自「四方八方」的語源，指稱各種方面，延伸為談天、閒聊之意。

50 【吳先生】應指金瓜石吳家，居於宜蘭三貂堡澳底庄、以採金為業的吳天元。

他在宜蘭被叫做千歲爺。在中國，天子被稱爲萬歲爺，這位吳先生被叫做千歲爺，表示他在大眾的心中聲望卓越。他是個忠肝義膽、鋤強扶弱之士，姑且可以說是亂世的英雄吧，但聽說當林先生住在台灣時，他常來要錢。

林先生是個處世圓滑的人，認爲若被這種男人怨恨，損失就大了，因此據說有時會借他錢，金額還不小。如果不借他，他是個一定會報復的流氓，但無論如何，在佃農和貧戶之間很受歡迎。就是這樣的人，大概也能明白信件的內容吧。林先生必定認爲居然來了一個麻煩人物吧，我隨興詢問發生了什麼事，但賴說這是秘密，不能有其他人在場，想要請我離開。

結果，林先生說，沒關係，他是自己人，別擔心，你直講就好，賴才開始說明。他提及日本政府毫無節制的暴行，特別是軍隊殺害無辜的本島人，強姦平民的妻女，眞是非常殘酷的內容。談話結束時，他希望能拿到五千圓，做爲起事之用。

縱使是林先生，對此也感到非常驚訝。五千圓用說的很簡單，但並不是個簡單的金額。尤其是在台灣即將淪爲日本之物的時刻。總之，他若是被發覺今天給了吳一筆錢起事，勢必會引起日本政府對林先生的疑慮，確實是一件嚴重的大事。所以，林先生表示不能答應。於是，賴解釋，借給吳先生的這筆錢，並不是拿來當做對抗日本政府的軍用資金，而是另有其他用途，因此無論如何請借予這筆錢。不行，無論是什麼理由、什麼用途都沒辦法。如果有人問他這筆錢究竟做何用途，一旦被逼問到不得不說，那就必須坦白這筆錢是用來起事的。這是徹頭徹尾的無法無天啊。

林先生又問，具體的用途是什麼？賴回答，吳先生近期準備攻擊總督府，但子彈、火藥不足，想要向香港的外國人購買槍枝、子彈等物資，在台灣卻完全籌措不到資金，經過了種種思考，只能向林先生請託，才有辦法起事了。

「如果現在您不提供起事的資金，我們將無法做任何準備。請您務必協助。」賴熱切地說。

20

林先生聽到這筆錢竟然會使用在這麼可怕的計劃，就更是無法出借了。日本政府曾經風聞過林先生與劉永福勾結，對抗日本軍的謠言，懷疑所有的糧食都是林先生提供的，現在吳爲了對抗日本軍，需要購買槍彈的金錢，更關乎林先生的生命，很可能不只是會沒收林先生的財產，甚至會造成日本與中國的國際問題。

所以，即使他們曾經往來熱絡，即使他們曾經有過借貸關係，這次也只能堅決拒絕了。

「我並不是懷疑你，但這是我第一次與你見面，即使有吳寄來的信件，上面只寫了請詢問送信的人，並沒有寫到任何關於錢的事情。因此，如果你眞的是吳的使者，就回台灣替我傳話吧。現在以這種未盡完善的作法來對抗日本政府，絕無獲勝的道理。只是徒勞傷人，毫無意義。

「這是不是打算推翻日本政府，我並不知道，但日本有精銳的士兵，還有憲兵、巡查，以及先進的武器。無論吳先生有多少聲望，人數都是有限的。與其引發毫無希望的戰爭，還

廈門揚陸點

不如專注於生計，成爲民間的富豪。」

特地前來商借這筆五千圓，卻因爲不忠不義的藉口而被拒絕，賴的臉色劇變。

「所謂的人心，果然是善變的。吳先生經常爲林先生出力，現在居然會因爲對日本政府心生恐懼，而否定吳先生的義舉，以節省僅僅五千圓，眞是悲哀。我會回去將這件事告訴吳先生。我身爲一名使者，深受吳先生的信任才會前來。千里迢迢來廈門，卻無法完成使命，令人遺憾。

「不過，如果五千圓不可能，兩千五百圓也可以。希望您務必出借。否則我無法回去。吳先生正在等待著我帶著子彈和槍枝回去。如果任務失敗，與香港洋人的商議也將取消。您似乎是在懷疑我，但那封信是吳先生親筆所寫，他的字跡您一定有印象吧。

「之所以沒提到金錢，是因爲這是重大的機密，萬一在信上寫到這件事，被日本政府的偵探發現，將導致吳先生的計謀敗露，這是他的用心良苦。而且，對於接下來的義舉，吳先生做過非常縝密的思考，五月八日，是日本政府將台灣人轉爲日本國籍的日子。無論如何，他必須在這個時刻與戰友聯盟，大舉進攻台北，否則台灣被日本佔領，我們就只能遺憾地痛哭流涕了。

「此外，日本政府濫用金錢，將使窮人無法吃飽，無論是採礦、還是鴉片，全都是我們無法接受的事情。不論如何，我們不能放棄這項義舉。請您愼重考慮。」

他靠得更近，更熱切地說著。

「然而，若是我怎樣請求都沒用，與香港洋人的約定也就煙消雲散了。我們費盡千辛萬苦，才從洋人那裡買到槍枝，現在已經不能回頭了。此外，黃金也已經當做現金買下貨品了。

「而且，您現在不借錢，我們不僅拿不到槍枝，也會因爲毀約而激怒洋人。若發生這種事，我們將被罰款。這是西方商人的規矩，如果這次違約，就要依貨款的百分之二十罰款，並從押金中扣除價格的百分之五十。所以，如果您不願出借五千圓，也請出借兩千五百圓。」

在這樣的請託下，林先生仍然不願意支付這筆無理的借款，要把對方遣走。

賴不願放棄，說：「取消與洋人的約定也可以，但希望您務必出借違約金的百分之二十，也就是一千圓。如果林先生認爲應放棄向洋人購買槍枝，讓反抗日本政府的計劃無法實行，那麼，請支付這筆違約金來阻止吳先生。這麼一來，我得以返台，林先生也能表明對日本政府的忠誠。或許這是一個雙贏的計劃。」

「也就是說，支付了違約金，就無法購買槍枝，用這種方法來阻止吳嗎？」他問。

「當然。要對抗日本軍，子彈和槍枝是最必要的。買不到子彈和槍枝，就無法起義。」

林先生說：「該怎麼辦才好啊？不過，我今天無法付錢，請過兩三天再來吧。」

「一切拜託您了。」賴致上謝意後，準備離開。

「已經找好住宿的地方了嗎？」林先生問。

「我住在朋友家，兩三天後一定會再來訪。」賴說完就回去了。

我不知道對方有什麼打算，但我受林先生之託，尾隨在賴的身後。

大家可能知道，林翻源的別墅在一座叫做彭浪嶼的小島上，位置就在廈門的正中央。這座島上全是華麗的房屋，住了很多外國人，而若要去廈門鎮，一定得坐舢舨船。

我立刻趕到海邊。那時，賴正乘著另一架舢舨船，往海面上划去。我避開賴的視線，也跟著上了船。賴當然不知道我在跟蹤他。到了岸邊，他起身往小鎮去。這時是日落之後，正是跟蹤的好時機。道路兩旁的門燈輝煌地亮著，行人稀少，我下了船，往住宅區的方向走。那時，賴去了最熱鬧的小鎮蔡媽街。

我認爲他準備去旅館投宿，右側的糖果店旁有一條窄巷，賴走了進去。我以爲旅館就在那條巷子裡，不以爲意，但賴卻轉到巷子後方，由於天色昏暗，他也沒發現我。賴走進了小巷盡頭的一棟兩層樓的房子。看起來不像旅館。我想那可能是朋友家，就站在外面探查裡面的情況，不可思議的是，我聽到了一個女人的聲音，不像是外國人，倒像是日本婦人。

21

那位婦人像是日本人，令人感覺可疑，我躲著偷聽他們的談話，但卻聽不懂，無功而返，向林先生報告了這件事。林先生說，賴雖然說他來自台灣，但他一定住在廈門。那位日本婦人，大概是賴的情人吧，無論如何，辛苦你了。兩三天後，賴如果再來，到時再做打算。

兩三天後，賴又來了。

「請備妥先前我請求的違約金。交付款項的期限已經快到了，如果不快點帶去就麻煩了。」

林先生問：「你到底住在哪裡？」

「我住在台灣宜蘭的吳家。」

「這樣的話，蔡媽街上的家是你朋友的？」

賴聽了大吃一驚，卻擺出一副毫不在意的模樣。「是的。」

林先生說：「總之，你的請求我同意。我會給你違約金，但現在沒辦法直接給你。讓我派個人跟你一起到香港去，見了洋人後再交錢。」

「沒有這個必要。與洋人的交易是秘密進行的，外人不能跟我一起去。請現在交給我，我馬上搭船到香港去。還是說，林先生在懷疑我？」賴的表情變得憤怒。

然而，林先生說：「不是這樣。只是我爲了吳先生，爲了表達對日本政府的忠誠，我必須支付吳先生中止購買槍枝的違約金，不瞭解事情的始末，我便無法安心。我付的這筆錢，如果被使用在傷害日本政府的用途上，我就白費心機，徒勞無功了。

「我還是希望派人去。與你一起去香港的人，就是最近正好住在我家的人，叫做陳。」林先生提到了我的事。「如果你不同意，那我也不能給你這一千圓。」

林先生的態度堅決，賴只好勉強答應。

「那麼我就與他一起去吧。」

「船什麼時候出發？」

查閱了《香港中外新聞》，剛好是當天下午開船。

「那麼，就馬上準備出發吧。」林先生把我叫去，交代這件事情的經過，向掌櫃拿了一千圓，讓我帶去。所幸，這一千圓並非沉重的銀幣，全是日本紙幣，非常輕，能放進和服的內袋。

賴打算寫一張借據，但林先生說：「不用借據，寫收據就可以了。」真不愧是林先生。將這筆錢交給洋人的事，他做了許多指示，接著，賴與我立刻一起前往廈門的港口。

「那我們搭舢舨船去港口吧。」賴對我說：「請跟我去一下蔡媽街的朋友家。船下午才出發，慢慢來沒關係。」

於是，他與我一起走進那條我曾經一路跟蹤的窄巷，來到那間兩層樓的房子，同一位日本婦人出來迎接我們。

賴非常友善地招待我，並請我享用菜色豐富的午餐。

一道我不曾見過的菜被端上桌，我問：「這是哪裡的料理？」

「這是日本料理。」

我又問：「她是你朋友的妻子嗎？」

「她不是我朋友的妻子，而是我的妻子。」

「那麼這是你們的家？」

「這是我朋友的家，他現在有事去了新加坡。」

隨著時間不斷流逝，我催促他：「我們差不多該去港口了吧？」

但賴的態度轉變。「不必那麼急，再休息一下吧。誰來帶他上二樓看看。」

屋後來了一位態度羞赧的婦人。正是那位日本婦人。但我很在意開船的時間，無法休息。

「我們不早點出發嗎？遲了林先生會擔心的。」

賴聽了我的催促，仍說：「眞的不需要那麼掛慮嘛。喂，快一點。」他向婦人使了眼色，婦人便拉了我的手，要帶我上二樓。我從方才開始已經酒醉了，看著眉目美麗的日本婦人，雖然感覺對林先生很抱歉，最後還是上了二樓。

22

我跟在日本婦人身後，上了二樓，看到這裡有華麗的床鋪，棉被也非常漂亮。從進入房間的那一刻起，我就已經著迷了。

說起來非常丟臉，而且我並不認爲自己有多好，但我一直是個正派的人，絕不做任何下流的事情。因爲喝得很醉，我在二樓睡著了。不久，我清醒了，發現帶著自己上了二樓的日本婦人，就睡在我的身邊。我太驚訝了。我做了壞事，不禁後悔莫及。

我想立刻下樓找賴，但那位賴曾說是妻子的日本女人模糊地說：「他現在不在。」我呆住了，只能等待賴回來，結果他沒有再回來了。到了晚上，仍然沒看到他，我突然恍然大悟，檢查自己身上所穿的長袍裡，大事不好，包著一千圓的綢布不見了。我臉色發青地尋找，卻完全找不到。

我與這裡的人語言不通，只能用手勢示意，請他們找能夠溝通的人來，很快地，一名膚色黝黑的中國人到了，問我：「有什麼問題嗎？」

我跟他說我的錢不見了。

「眞抱歉，我問問與你一起睡的日本婦人吧。」他問了那位日本婦人，「跟你一起來的另外一人，說他在你的長袍裡寄放了一個綢布包，希望可以拿出來一下，別把你叫醒比較好，他只是外出買個東西，她想他是你的朋友，就交給他了。她沒想到，裡面放了那麼多錢。」

這番話並不像是在說謊，但我聽了眞是無比震驚。也就是說，賴拿走我的錢逃走了。

他口中的香港洋人也是謊言嗎？或是，我跟他一起去見洋人，會造成他的麻煩，所以他拋下我，自己先走了嗎？我一想到這裡，就感到非常絕望。

我詢問當地人：「這裡到底是什麼地方？」

當地人的表情驚訝。「你不知道這裡是什麼地方嗎？這裡是妓院啊。但這裡不是一般的妓院，是可以跟日本女人上床的地方。住在廈門的洋人，還是有錢的中國人，都會來這裡玩。」

我聽了，再次感到驚訝。也就是說，賴謊稱這裡是他朋友家，讓我喝了酒，叫了一個女人，趁我睡著的時候帶著一千圓逃走。那麼，這全是我的錯，不是這裡的問題。我無計可施，發生這種狀況，我只能想辦法找出賴的下落了。

「那個男人經常來這裡嗎？」我問。

當地人說，他曾在這裡住了三、四天，之前從沒來過。

什麼線索都沒有了。

不過，我想他說不定還在廈門閒逛，就馬上去了港口，詢問船開走了沒有。結果已經走了。那麼，他已經逃到香港去了，真是遺憾。我已經無能無力了。那裡不像日本的警察會盡責偵查，而且，一旦把這種事公諸於世，林先生的名字也會曝光，絕對是一件壞事。

我只好返回林先生家，說出實情。

林先生並未太生氣：「反正我也覺得會這樣。但是，仔細一想，賴大概眞的是騙子吧，那封信也是假的，設法模仿得很像眞的，再講一個誇大的故事，說是爲了要購買槍枝和彈藥。只花一千圓就解決了也好。」

後來，他也不再說什麼了。

對於自己的過失，我感覺非常抱歉，向林先生告退，先歸國一趟，再返回台灣繼續行醫。我說了一個很長的故事，您聽了這麼久，一定很辛苦吧，但我如果不說，只會引起更多的懷疑，所以我才決定完全坦白這段恥辱。

前段時間，艋舺的公醫要進行屍體解剖，請我去看，我眞的去看過以後，發現死者的耳朵相當寬大，這是絕不會弄錯的身體特徵。所以我才會大驚失色。

花野聽完宛如小說一般的眞相後，心想，也許這個叫做賴的人，的確就是被丟進艋舺水池的死者。他騙了一千圓後來到台灣，被某個人毒死了；或者，他帶著一千圓去了

香港，付了西洋商人的違約金。或者，他買了一些槍枝，以協助吳的陰謀。

他腦中的想像不斷翻騰。

無論如何，根據陳的陳述，屍體的身分已經大致瞭解。

既然得知被害者是誰，接下來就是找出加害者了。可是，相反的證據卻出現在一個意外之處，令他依然無法安心。

花野問：「但是你當時卻告訴池中，因爲你從醫多年以來，沒有看過屍體解剖手術，才會這麼驚訝。這是爲什麼？」

「對。我那時只是突然浮現了這個念頭。那具屍體已經腐爛了，我沒辦法非常確定，一直以爲是自己多想了。我沒有把心中的想法直接說出來，眞的很對不起。」

北門

23

台北警察署長桌上的申請書，是一封失蹤搜查申請。

失蹤搜查申請

台北北門街

松永秋助養女　松永芳枝　明治十六[51]年二月十日生

此人在本月十五日上午八點，外出沐浴，至今尚未回家。事發後已設法找過，但沒有任何頭緒，因此向警方申請失蹤搜查。

明治三十年九月十九日

養父　松永秋助㊞

台北縣警察署長上村勇先生　敬上

外貌描述

身高四尺三、四寸[52]，膚色白皙，長型臉孔。鼻樑高聳，眼睛澄澈，雙眼皮。嘴型普通，濃眉，束髮，身材纖細。
身披更紗[53]縮緬[54]的書生羽織[55]，穿著田舍銘仙[56]的袷衣。襦袢是黑色繻子[57]衣襟、帶有草花陰文印染[58]的縮緬。腰間繫有繻珍[59]花樣的深紅色緞帶，鞋子是紅色鼻緒。
並附上照片一張供參考
深表謝意

51 【明治十六年】1883年。芳枝的年齡為十四歲。
52 【四尺三、四寸】一寸約為三．八公分，一尺為十寸。四尺三、四寸約在一六三至一六七公分之間。
53 【更紗】源自印度，印有鳥獸、花卉的染色木綿布料。
54 【縮緬】日本特殊織法，一種經絲無撚度、緯絲強撚度，以製造表面細緻紋路的絲織品。
55 【書生羽織】版型較長的羽織，又稱長羽織。明治時代中期起常見於書生、學生的穿著。
56 【田舍銘仙】銘仙是使用蠶繭次級品製成的便宜布料，再染色為五彩繽紛、圖樣搶眼的絲織品。自大正時代晚期開始流行，廣受年輕女性喜愛。田舍銘仙為圖樣帶有鄉村風格的銘仙織品。
57 【繻子】即繻子織，又稱朱子織，將布料經緯絲交點的數量減少，使觸感較為柔軟，呈現懸垂感。
58 【陰文印染】「染拔」圖樣以外的部分染色，使圖樣能以原底色呈現。
59 【繻珍】又稱朱珍，在繻子織布上縫製彩色圖樣，使其視覺效果華麗、質地厚實。

住在北門街三丁目的松永秋助，由於養女芳枝下落不明，向警方申請了失蹤調查。

池中特務看到這封申請書，立即想起花野的請託——花野接受了民政局事務官森山茂的請託，要調查寄出匿名決鬥信的人。而導致這場決鬥的人，與失蹤的芳枝同名。

匿名信上所寫的芳枝，雖然沒有寫到住址，但與失蹤的芳枝是同一個人，則是無庸置疑的。此外，她在十五日早上就已經失蹤。匿名者寫決鬥信給森山事務官，寄送的日期是同一天。甚而，艋舺的兩名轎夫，到朝陽號去接送日本婦人，也是十五日。

將所有的線索進行聯想，這一切似乎與謀殺事件有所關連。

署長見到池中沉思的模樣，說：「池中，你對這封申請書有什麼想法？芳枝還只是個孩子，我也認識，是個相當美麗的女孩。她在這個年齡太瘦弱了，也許因爲心思過於纖細，一直長不胖。她的家教相當嚴格，應該不至於交了情夫離家出走吧。我想一定有其他原因。

「池中，如果你有什麼線索，就馬上開始調查吧。她的父親一定很擔心。這個名叫松永的男人，妻子已經逝世，只剩下這個女兒，所以非常悉心地養育她，請你盡快找到她的下落……」

池中說：「我正在處理艋舺的謀殺案，雖然無法負責這個案件，但也有一些想法。

我認爲，這件事恐怕與謀殺案有所關聯，總之，接下來我會馬上到松永家去，詳細調查芳枝失蹤前後的狀況，以及她的日常行爲。」

「是嗎？眞是再巧不過了。先前松永帶著這封申請書來訪時，也一直不停地哀嘆。請你盡力而爲。艋舺的兩名本島人，由我來調查吧。署內沒有口譯官，我會向警察課借調一人過來。不過，你又是怎麼調查那些本島人的？」

「我朋友花野的台灣話非常好，我請他替我口譯。」

「那正好。他現在的工作是？」

「先前在法院也簡單說明過，花野是《台北新報》的記者。」

「記者？那可不行啊。由新聞記者來協助警方工作，實在不適當。尤其新聞記者總是在探聽警方的機密，如果花野居心不良，說不定會利用口譯的機會，與犯人共謀，湮滅證據。今後你不可以再請警方以外的人口譯，或擔任偵查工作的助手。」

「署長，我認爲您的想法太狹隘了。我不是以台北縣巡查的身分請他口譯，而是以朋友身分請他幫忙的。但如果署長要我別再找花野，這次謀殺案與本島人有關的偵查，仍然需要一名口譯，那麼從今天開始，請給我一名口譯。」

「現在署內有懂日本話的本島人，但本島人不能擔任口譯，否則會發生比被新聞記者探聽到秘密更嚴重的事。如果犯人是本島人，與口譯者有秘密聯繫，將發生不公正的狀況，更可能推翻有罪的判決，變成無罪。」

「好，我會妥善考慮的。」

「那麼，我馬上去拜訪松永。」

池中往距離警察署不遠的松永宅去。

24

到了松永家，池中把名片遞給了門房，過了一會兒，主人親自出來，讓他進了次間[60]。此時，池中仔細觀察松永的臉色，只見他神情十分擔憂，臉色十分蒼白。

「今天，我是來處理芳枝的失蹤搜查申請，想詢問她失蹤時的情況，還有平日的行爲。請告訴我詳細情況。」

「這樣啊，眞的請您費心了。事實上，在叨擾公家機關前，我已經根據自己的所知範圍找過一遍了，但仍然一無所獲。因此，才會向警方提出申請。」

「原來如此。那麼，既然由警方來進行調查，希望您能明確地回答我的問題。」

子。」

「我一定知無不言。」

「首先，芳枝平常的品行如何？」

「是的，由父親的我來說明雖然有點不妥，但她絕無不良行爲。而且她還是個孩子。」

「或許是這樣吧，但縱使說還是個孩子，也不能掉以輕心。比方說，因爲什麼男人的關係，她說了一些謊言？」

「我這邊徹底調查過了。我也是個生意人，對這種事情特別謹慎，但並未發現這樣的男人。無論是出門或返家，她的身邊都有傭人陪同，完全沒有鬆懈。」

「十五日早上，她是一個人去澡堂嗎？」

「對。那時我剛好有工作，一大早就不在家了。我請女僕特別留意，請她務必一起去，但芳枝似乎很堅持自己去，隨後就離家了。我回來後問芳枝去哪了，即使去了澡堂，也花太多時間了。我深感疑慮的時候，時間已是晚上，但她仍然沒有回家。我緊急差遣眾人四處奔走尋找，卻找不到她的去向。

60 【次間】「次の間」鄰接於主廳隔壁的接待室。

「謹慎起見，我也去了澡堂找人。不可思議的是，芳枝一開始就沒有去過澡堂。更讓人疑惑的是，我打開了芳枝的手匣[61]、梳妝台的抽屜，但裡面什麼也沒有。我太驚訝了，毫無頭緒，除了請求政府協助，也沒有其他辦法了。」

「明白了，我必須進行搜索，請讓我看看芳枝小姐的日常用品。」

「好的。」他們來到芳枝四疊大的房間，「這就是芳枝的房間。裡面的東西全是芳枝的。」

「好。」池中打開了芳枝的手匣蓋。裡面有和服布片、美麗的繻珍綢緞縮緬布片，但並沒有特別能成爲線索的物品。

接著，池中準備打開梳妝台的抽屜時，突然心有所感。

「芳枝小姐是何時辭去藝妓的呢？她還是藝妓時，有什麼奇怪的傳聞嗎？請坦白說明，不要有任何隱瞞，你已經做過保證了。只要混了硃砂，顏色就可能變紅——在有所

台灣人藝妓

不知之處，可能會出現意外之事。如果可以搞清楚這裡的情況，調查就會更順利。

「比方說，假設她有情夫，而且推斷她與那名情夫私奔了，或者她遭到綁架，無論發生什麼狀況，都是有方法可以把人找到的。但如果你告訴我，你對芳枝的生活瞭解有限，那我想要詢問照顧芳枝的女人。」

「我同意。照顧芳枝的，是一個叫做阿梅的女人。喂，阿梅，妳過來一下。」

松永喚來名叫阿梅的女人，年齡約三十八、九歲，不知爲何容貌給人一種壞心眼的感覺，不過看起來卻是對主人非常忠實的性格，她聽了芳枝的事，馬上開始掉淚。

「大小姐總是由我來陪伴，她還是半玉時，並沒有什麼怪異的地方。搬來這裡以後，這種事情更沒有發生的理由。大小姐非常孝順，雖然和現在的父親沒有血緣關係，但她對於他的養育之恩非常感謝，比她的親生父親更重要，她經常說，她不能讓父親擔心。」

「爲什麼她會說不能讓父親擔心？那她離家出走又是怎麼回事。根本就毫無道理。」池中無法掌握事件的關鍵，語氣激烈地說。

61【手匣】放置個人隨身用品的小箱。

接著，他用力打開梳妝台的抽屜。裡面只有化妝用品。

他對阿梅說：「她有沒有重要的日常用品？」

「有的，在這裡。」

在梳妝台下方的抽屜裡，有一個小箱子。裡頭應該放了金戒指或其他重要的物品。不過，池中心想，那絕對是不想給人看到的東西。

「這個嗎？」池中拿出那個小箱子。

池中打開後，看到戒指、珠寶和其他貴金屬。他拿起了一枚可疑的戒指，重量大約三匁[62]，發現刻了一個字。

25

池中手中的金戒指上，明顯地刻了隸書體「芳」一個字。

「原來如此，既然刻了『芳』這個字，一定是個人物品吧，但卻不知道這是芳枝自己刻的，還是某個人買給她的。」

阿梅聽到池中的自言自語，回答：「那是在大小姐還是半玉時，經常照顧她的民政局官員森山先生致贈的。」

池中心想，就是這個。

「那個叫做森山的人與芳枝之間，從外人的角度來看有沒有可疑的地方？」

「芳枝小姐年紀還小，對方也不太擅長與女性應對，怎麼可能會有那種事？開玩笑的吧。」

「那就是松永先生和妳，對他們兩人的關係一無所知吧。我倒是清楚得很。」

「什麼？」

「芳枝與森山，在芳枝還在學藝時，兩人已經有了約定，他將會娶她爲妻，她會全聽他的，彼此已經有了堅決的認定，但他正準備正式提親時，森山和芳枝之間的某人寄了匿名信給森山，要求決鬥。那封信說，我和芳枝從以前就關係親密，但現在芳枝卻要成為你的妻子，將損及我的男性尊嚴，因此，如果你不放棄婚約，就必須接受決鬥，我會再通知合適的時間。

「森山收了那封信非常害怕，他知道自己遭到威脅，但他想查明匿名者的眞實身

62【匁】〔匁〕日本重量單位，又稱文目，主要用於珍珠計量。一匁約為三．七五公克。三匁約為十一公克。

分，便懇請花野艷雄協助調查。也就是說，芳枝可能已經偷偷地到森山那裡去了，在森山那裡，芳枝一定會安然無事，兩人原本就互相傾慕，成爲夫婦也是好事。不然，他們根本不知道如何是好，只能等媒人來處理了。

「如果不是這種情況，我想匿名者可能擔心繼續這樣下去，她一定會成爲森山的人，於是以某種方式帶走了芳枝。此外，以前也發生過一些案件，與芳枝的情況非常相似。不過，因爲無法做出明確的判定，我只能在案情完全清楚以後才能斷言。今天我來打聽她失蹤前後的情況，但如果她只是說要去澡堂而出了門，那就沒有什麼線索了。」

他沉思了一陣，又問：「這個家是否有經常出入的人？」

「有的。如你所見，這是一家料理屋，一天有數十人進進出出，不可能完全記得。尤其是帳場的事，都交給芳枝處理了。不過，出入的親友只有七、八人，都不是會對芳枝下手的人。」

主人松永的態度變得嚴肅。

「對了，阿梅，妳應該會知道常到店裡的客人吧？」

「是，但我們跟其他的料理屋不同，經常來的客人，依據身分的不同，並不會逐一親自接待，而是交代給女僕安排，到底有哪些人經常到店裡來，我也完全不知道。」

「芳枝在客人來訪時，就算有認識的，她也不會從帳場裡出來嗎？」

「是的。」

池中心生疑惑，他沒有更多收穫了。不過，他此行的目的並不在此，而是一心蒐集謀殺案的證據，又想起兩名轎夫所做的證詞，那位從朝陽號出發的美人可能是芳枝，才會想要查清楚芳枝失蹤前後的狀況。

那名朝陽號的美女，根據現在的瞭解，應該是完全不同的人吧。花野艷雄接受森山的委任再拜託自己調查的決鬥信，可能與此事有所關聯，那這個案件現在就更無法放手了。他請花野口譯，爲了對他有所回報，勢必得找出那個匿名者。

總之，根據調查，芳枝與森山有約，芳枝假借沐浴的名義外出，藏匿在森山的家中，或者，向森山提出決鬥信的匿名者，害怕森山與芳枝的關係愈來愈密切，設法製造藉口將芳枝帶走。究竟會是這兩種猜測的哪一個呢？

對方只是個少女，應該不會有戀愛以外的原因吧？他自問自答。

池中說：「事到如今，我會負責找出芳枝，也會向你們告知案情進展。總之，我想我必須去森山的家查查看。這麼一來，應該可以發現更多事實。正如我剛剛說的，芳枝可能會躲在森山那裡。總之，兩三天內我會回報，請你們安心。」

「一切拜託您了。」松永低頭行禮的姿態，顯露了想念孩子的父親之哀。

池中輕輕點頭，準備離去之際，無意間看見掛在衣架上的一條腰帶。這條腰帶是棉製品，他曾經聽過女人會將秘密的物品藏在裡面。那麼，裡頭是不是有什麼東西？池中取下腰帶，將裡頭的東西取出，掉出了一個護身符及一張照片。他立刻撿起來檢查，又驚訝得掉在地上。

26

這時，池中看見掉在地上的照片，上面是一名二十歲前後、五官尋常、頭髮綁成銀杏返[63]的女性上半身。這張照片的拍攝時間，已經經過十多年了吧？照片已經有些模糊而變色了。

池中疑惑地問松永：「這張照片上的女人究竟是誰？」

他讓松永看了照片，松永伸手拿了，卻沒有馬上回應，露出猶豫的神情。

「這張照片有一些內情，只有芳枝和我知道而已。簡單地說，就是親子之間的秘密，因此，芳枝很小心地藏著這張照片，不讓其他人發現。但既然被你看到了，也許是某種因緣吧，就請你聽聽我的解釋。」他不知想起什麼，眼眶泛著淚水。

「是很久以前的事了，芳枝並不是我的親生女兒。我在二十五歲時，曾經住在大阪，繼承了父親的微薄遺產，進了堂島[64]的稻米期貨市場。

「父親是踏實的商人，但我討厭踏實的買賣，不想只是小賺一筆，而是想大賺一票，有個人告訴我，想賺那麼多錢，那就要搞稻米期貨才行，不是大賺，就是大賠，但現在這種世態，要賺大錢也只有這個方法了，這讓我充滿興趣。

「那時我的父親去世，我接手了他的生意，只剩我和妻子阿菊兩人。我不必再跟任何人商量，試著買了一些堂島的米，運氣很好，賺了一點錢，我記住了這個手感，開始進行買賣，很快地掌握到市場的節奏，開始以期貨買賣為業。

「然而，那時發生了西南戰爭[65]，日本國內發生動亂，西鄉率領叛軍攻過來，數千

63【銀杏返】［銀杏返し］一種未成年女子的髮型，束髮分別盤在頭部左右邊，再以簪作髻。興起於江戶時代末期，在大正、明治時代非常流行。

64【堂島】位於大阪市北區。元祿十年（1697）成立的「堂島米會所」是世界上第一個期貨交易市場。

65【西南戰爭】發生於明治六年（1877）二到九月間，此次戰爭被視為最後的士族（武士）階級叛亂，叛亂主力為鹿兒島的武士，其核心人物為西鄉隆盛，最後西鄉兵敗，在城山自殺。

名政府軍隊乘船從橫濱出發，謠言滿天飛，米價也跟著高漲。我將先前買入的米賣掉，意外地賺了很多錢，便更有興致地買進賣出，存到一筆錢。我們夫婦低調度日，等西南戰爭結束後，世界又回到了原來的和平。但是，儘管我們夫婦感情融洽，卻一直沒有小孩，妻子非常在意，無論男女，一個也好，到處求神拜佛。然而，這是唯一的不如意，也是沒有辦法的事。

「妻子一直沒有孩子，終於要我去找個情婦。然而，我認爲情婦只會破壞家庭，沒有答應。後來有一次堂島的朋友家宴客，我接受了招待，喝了很多酒，剛好在晚上十點離開，經過中之島[66]。現在的中之島有一座豪華公園，變得熱鬧不少；但當時只有法院，隔壁還是監獄，是個令人很不舒服的地方，而且深夜單獨經過，感覺相當冷清。

「我經過法院前，往浪花橋的方向走去。橋的北側有一棵大柳樹，我發現樹下棄置著一個出生只有兩三個月的嬰兒，用和服包裹著。」

27

「我見到和服包裹著的嬰兒，心想這世界上居然有這麼殘忍的父母，眞是可憐啊，就這樣不由自主地走近，原本熟睡的嬰兒，被我的腳步聲吵醒，哭了起來。當時，我下意識地抱起來，眞是個可愛的嬰兒。我想要繼續抱著她，讓她成爲我的孩子。嬰兒被我抱著，終於睡去，那樣的純眞，更讓我放不了手。我就這樣回了家，阿菊聽了我的話，非常高興，立刻決定把她當自己的小孩撫養。嬰兒所穿的和服內裡，寫了她的生日，還放了一張照片。那個嬰兒，就是現在的芳枝。那張照片，正是你現在找到的照片。

「在芳枝十歲的時候，妻子突然罹病，早我一步離世了。她曾經很期待芳枝長大成人，但認眞思考後，這個世界上，當雙親沒有讓孩子知道眞正的事實，孩子後來才偶然發現，導致母子關係惡化，這樣的事情經常發生，因此，妻子覺得應當盡早告訴她眞相。

「某一天，妻子對芳枝說了眞相，她儘管十分驚訝，但卻說：『知道這樣的事情，我也不會對親生父母有任何眷戀。您養育我的恩情，我絕不會忘記的。』她的回答非常感人，但是，她果然無法忘記捨棄自己的雙親，她又問起是否有任何像是證據的物品。

「只有一張照片而已，那大概就是妳的母親吧，從眼睛、鼻子到嘴唇，與妳非常相

66　【中之島】是大阪的政商中心，位於大阪市北區，為堂島川與土佐堀川包圍的一座細長型沙洲。

似，在妳長大成人後，也許會與妳的生母不期而遇，我把照片交給妳保管，請妳對別人保密。從今以後，妳就是我的養女了。我對她說。

「後來，我在期貨市場犯了一個嚴重的錯誤，生意失敗，但我已不像失去妻子那樣沮喪。我後來南下九州，開始經營料理屋，一直到現在。很意外地，料理屋大受好評，我在那裡住了兩三年，在明治二十九年時來到台灣。

「芳枝一直很在意她的親生父母，但已經來到台灣，與大阪距離十分遙遠，後來也沒有任何線索，親生父母的事就擱置到現在了。這是一個無趣的私人故事，你一定聽得很辛苦吧。」

池中似乎想起了什麼，對松永說：「眞是不可思議，我在其他地方看過相同的照片。而且就在台北……」

「眞的嗎？」

「我認爲，說不定那個人是芳枝的哥哥。」

「對方到底是什麼樣的人？」

「那是我的朋友。但關鍵的芳枝小姐離家，我無法讓他們相會。這世間眞不順。」

「無論如何，我希望能與持有那張照片的人見面。」

「這是當然。我經常去那位朋友的家，他是個花花公子，書桌上全是藝妓和酒女的照片。其中有兩三張照片很重要，並不是很容易看得到的，某一天我硬是拿來看，剛好跟這裡的照片相同。我問對方這是誰？他回答是自己的母親，我再問他是否有其他兄弟姐妹，他說只有一位，是妹妹。但是他不知道人在哪裡。他說自己一直是孤身一人，眞是寂寞。

「這麼一想，芳枝就是那個男人的妹妹吧。眞是不可思議。」他側頭深思。

松永說：「我深感抱歉，務必請你讓我跟那位朋友見面。我在家裡等候，或是讓我一起去，兩種情況都可以……」

「沒問題，但是，沒有找到最重要的芳枝小姐，無論是什麼情況，都無法讓他們兄妹再會。總而言之，必須全力找到芳枝小姐。」

池中的嘴上雖然這麼說，但如果從朝陽號乘轎的婦人眞的是芳枝，那該怎麼辦才好？她將會被變成土匪的人質，縱使是警方的力量，也無法將她帶回。池中心想，他找到了這張照片，卻也製造了不必要的罪過。

接下來，他必須離開，去拜訪森山茂的家。

28

池中離開松永家，就緊接著直奔府前街的朝陽號，從後門進去，見到老闆在帳場振筆忙碌。

「哎呀，眞是久違了，今天剛好有事情來訪。突然想問一下，先前松永家的女兒有沒有來這裡投宿？」

老闆側頭想了一想，回答：「不知道。」

「這樣的話，讓我看看住宿登記簿。」

池中自行翻閱起住宿登記簿，並沒有找到可疑的名字，只是在十日的住客中，有一名住客的資料是這樣寫的。

東京市麹町區上六番町　五十八番地士族
無職　永井物太　四十七歲五個月

朝陽號

其餘並沒有像是女性的姓名。正當他煩惱之際，一名女傭現身了。老闆詢問這名女傭，她稍微想了一下，啪一聲擊了一下掌。

「恰好是十五日早上，那位永井先生帶了一名女性來，相當美麗，有台北罕見的高貴氣質，她的頭髮束起，皮膚白淨、身材纖瘦、雙眼明亮、鼻子高挺、嘴唇小巧，毫無疑問是一位美人。雖然看不清楚和服的模樣，但一定是出身良好的千金小姐。永井先生與那位女性在白天搭了轎子離開了。」

池中認爲，她絕對就是松永芳枝。

那麼，那位名叫永井的人，正是穿著西裝的本島人，一定是誘拐了她。艋舺兩名轎夫的證詞如果是眞的，松永芳枝已經成了土匪的人質了。他爲了確認這件事實，又問了當時的狀況。

「那名女性來的時候，有沒有哭了呢？」

「是，他們就住在四號房裡，但那時我並沒有值班。」

接著，老闆又叫來女僕阿龜，是四號房的値班服務生。池中再次問她當時的情況。

她說：「您好，那位客人是十日晚上到的，但他一直外出，很少回到這裡住宿。十五日早上，他帶來一個年輕的美女。兩人的年紀有相當差距，看起來不像夫妻，但也不像父女，我感覺奇怪，就趁著送火或送茶的時候，看看他們的情況。但他們說話的聲音很小，我又不能久留，也不知道他們談了什麼。

「不過，那個四十五、六歲的人好像是仲介，年輕女子是某戶人家的千金小姐，這位千金小姐被壞人纏上了，想見這位小姐的人接下來要決鬥什麼的，因爲發生了什麼麻煩，結果必須去找他的樣子。還有，想見那位千金小姐的人，我留意到名字好像叫做森山什麼的。」

「後來呢？」

「後來，千金小姐說，她絕不會讓重視自己的人失望。還有，爲了自己而寄出決鬥信、寫下這種恐怖的信件，她認爲是非常讓人厭惡的行爲。她的心不會改變，不管怎樣都一定會向父親坦白。只要父親贊成，她沒有任何意見。」

「這麼懂事的小女孩只有十五、六歲，眞是一位特別讓人佩服的人。那時，男人說，有事的話會拍手出聲叫我，要我先出去，沒辦法啦，我只好離開房間，所以後來的事我就不知道了。」

「謝謝，我大致上明白了。」

池中離去。

他心想，這個叫永井的男人，難道是森山事務官的朋友，爲了森山而全力維護芳枝與森山的關係嗎？那麼，兩名轎夫所作證的那名穿著西裝的本島人，與永井就是不同的人了，是永井爲了森山而設法說服芳枝。

阿龜的證詞沒辦法解釋這個謎團，但他認爲，芳枝除非父親答應，她是不會同意婚事的，她的心屬於森山，但她必須公開獲得父親的許可，在此之前必須守貞。那麼，身穿西裝的本島人所誘拐的美人，就不是芳枝了。

池中必須偵訊森山事務官。眞是太怪異了——池中在五里霧中徘徊。

29

丸中溫泉

起初，池中相信芳枝遭到土匪綁架，現在則認爲她爲了森山而躲起來了。首先，他得到報社拜訪花野艷雄。不巧花野不在社內，聽說去了丸中的溫泉，他只好到溫泉去跟花野碰面了。

花野坐在一個能俯瞰池塘的六疊大房間裡，兩名藝妓像往常一樣在彈奏太平樂[67]。

池中見了他，說：「嘿，花野，你大白天就帶藝妓來溫泉玩嗎？我有個你會高興的消息。」

他遣走了藝妓，說明了在松永家的發現，也陳述了從照片可以斷定松永芳枝就是花野妹妹的理由。而且，花野曾經告訴過池中他有一個妹妹。

花野聽了十分驚訝。而池中也細問了事情的前因後果。

「既然如此，我就不得不告訴你我這一輩子的秘密了。我的父親，是一個擁有東京都府武士稱號的人，他年輕時，正是一個挖掘人才的時代，會一點什麼技能，就能獲得官職，不需勞心勞力，也可以獲得良好的地位，他靠了一點關係，當上文部省視學官[68]的公務員。那是他二十八歲的事。那時我大約兩歲。後來的事情是聽我母親說的，視學官的職務，必須巡視各地的師範學校、中學，以及公立學校，因此，留在東京的日子很少。

「所以，母親大部分時間都在家裡。母親是從以前東京的町家[69]嫁過來的，父親希望娶一位美女，她才成爲他的新娘，因此，她雖然容貌漂亮，卻是個教養不足的人。她的三味線、古箏都彈得很好，但似乎欠缺婦德。我這樣講自己的母親，心情也不會愉快，但既然確定芳枝是我的妹妹，就必須把話說清楚了。

「母親嫁給父親後，隔年生下了我，正如我剛才所說，父親一直很少在家，沒過多久，由於我國師範制度不夠完善，爲了研習外國制度，父親被派到法國兩年、德國一年，總共在海外三年。父親對此期待已久，非常高興，很快就決定了出發的日期。

「母親一定很訝異吧。總是獨自在家已經很寂寞了，未來三年丈夫還要到海外去，沒有可以交談的對象，只能過著孤單的生活，在家也無法安心。她一邊哭、一邊攔住父親，但父親頑固地充耳不聞，最後還是離開了。母親當時才十九歲。於是，她在父親回到日本之前，帶著我住在娘家。那是日本橋白金町的一家和服店，我想是竹野紋兵衛吧。

67 【太平樂】即雅樂、唐樂，奈良時代由唐帝國傳入、融合日本文化的古典音樂。
68 【視學官】［視学官］文部省所設置的地方教育行政官，負責視察、監督地方各級學校的校務運作。
69 【町家】江戶時代住在城下町、宿場町或門前町等市街區的商販之家。

結果，問題就發生了。

「回想起來，母親的年紀尚輕，無心守貞，父親又長期不在，結果和店裡的手代[70]鶴吉發生關係。那時我六歲，還不知道發生了什麼事，但母親懷了鶴吉的孩子，被外祖父母發現後嚴厲責問，一邊哭一邊爲她的錯誤道歉。總之，如果放著她不管，被海外出差的父親發現，外公外婆的面子就掛不住了。於是，他們借給鶴吉一些錢，要他保密，讓他休假去，母親則說是去大阪的親戚那裡治病。母親在大阪生了小孩，裝作一切都沒發生似地回到東京，這樣外公外婆就諒解了。但是，如果我也一起去了大阪會礙事，所以她把我留給奶媽照顧。」

30

「我暫時由奶媽照顧，母親去大阪的親戚那裡，她平安地生了小孩。我是事後才知道的。當時母親說她病都治好了才回到東京來。後來也相安無事地繼續生活，但奶媽把事情都告訴我了。我有一個妹妹，而這件事情非常隱密。

「不久，外務省送來電報，說派到法國的父親罹患了肺病去世。母親當然很悲傷，天眞的我也每天都在哭泣。很快地，父親的遺髮也送回來了。用這些遺髮舉辦了葬禮，經過四十九天，幾位親戚、與父親非常要好的朋友聚在一起，討論今後的生活。母親在大家面前明說要獨自撫養我長大，大家都勸她：她還很年輕，不用一輩子守寡，還可以再找人嫁，但她就是不聽。

「後來，我的叔叔夏目仲德說可以收養我，直到成年，但我想讓最喜歡的奶媽照顧，在奶媽家一直住到十四、五歲。而我的財產交由叔叔保管。母親對自己的所作所爲深感慚愧，正正經經地獨自回到老家生活。

「我十四歲時，在中學畢業的春天，母親因重感冒臥床四十多天後去世了。她死前留了遺言給我——去見你的妹妹，只有這麼簡單的遺言。我想起了以前從奶媽那邊聽到的話，也從她口中知道了母親的秘密。不過，當時我只知道妹妹有人照顧，母親拿到了一百圓，後來的事一無所知。從那時起，一直到今天，我都沒有忘記母親的遺言，只是平時忙於生活，沒有時間去尋找妹妹的下落。所以，現在聽了你的話，我想松永芳枝一定就是我的妹妹。」

70 【手代】掌櫃與雜役之間的僕人，在老闆委任範圍內可行使營業上的代理權。

「只是很不巧，她已經失蹤了，非常遺憾。總之，現在跟我一起去森山家吧。」

兩人從丸中出發，是下午四時左右。

此刻，他們來到了淡水館的甲號官舍，走進了名牌寫著森山茂的大門。他們知道這裡就是森山家，沒有人帶他們進去，他們一進屋，就看到臥床的森山。

花野說：「森山先生，你生病了嗎？你的臉色非常難看。」

森山回答：「我以前就是這樣躺著的，沒有什麼大問題。只是神經痲痺，半夜睡不著，令人很困擾。」

「這樣不行吧，請多保重。對了，森山先生，芳枝小姐是否有來你這裡？」

森山聽到芳枝的名字，抬起頭來。「沒有。」

「眞的嗎？」

「我何必說謊？」

「芳枝小姐從十五日早上就下落不明了，我還以爲她會來你這裡。其實，我是和台北縣警察署的特務池中光一起來的。」

這時，池中面對森山，說明芳枝的父親提出了搜索申請的事，他受了花野的請託，要尋找匿名者的事，最後也提到在朝陽號住宿的永井。

「因此，這些事情全都需要跟你確認。」

森山聽了非常吃驚。「我並不認識叫做永井的男人，也沒有拜託誰去說服芳枝。芳枝與我只做過一項約定，我們並沒有親密關係。先前我收到匿名信，只請了花野替我找出寫信人的身分，我不會偷偷帶著良家婦女離家出走。而且，我有官職在身，也不應該這麼做的。」

「好，沒關係。不過，都查到這個程度了，會懷疑到你頭上，也是在所難免的事啊。」

「你們最該懷疑的，是寄決鬥信給我的匿名者吧，他是不是把她帶到什麼地方去了。與其調查我，更應該去調查那個匿名者吧。」

池中聽了這番話，爲了維護警方的尊嚴，回答說：「警方不會聽從你的指揮。你只要回答我的問題就行了。」

這時，花野突然說：「在丸中時我正想告訴你，結果到現在還沒說。關於艋舺那個本島醫師的事情，還有那具屍體……」

池中使了眼色，制止了他。「芳枝小姐的事情，到現在還沒有查清楚。總之，你現在就跟我去警察署吧。」

兩人站起身來，森山凝視著他們，面如槁木死灰。

31

森山對準備帶他離開的兩人說：「等一下，芳枝被某人綁架了對吧？」

他又轉向池中：「我跟花野先生說過，我想向芳枝正式求婚，結果發生這種事，眞是遺憾。是寫了決鬥信那傢伙把她帶走的對吧？請你們務必要找到芳枝。」

花野說：「芳枝的事，不用森山先生請託，我也會請池中君幫忙找的。」

「爲了我未來的妻子，萬事拜託了。如果需要任何額外費用，請隨時告訴我。我什麼事都願意做。」

池中說：「我明白了。沒有其他可能了，既然芳枝小姐不在你家，那麼一定是遭人綁架了。」

森山感到震驚。

池中再對花野說：「根據艋舺那兩名本島人的證言，她是從朝陽號被帶走的。朝陽號的住宿登記簿上寫了永井的名字，但他並不是日本人。一開始我去了朝陽號，詢問女僕阿龜時，我以爲是森山先生請永井帶走芳枝小姐的。總而言之，接下來得到五份庄的土匪據點進行搜索了。這是一件大案子。

「想要擊退土匪，直接開槍就行了，但要將土匪群中的婦女安全地帶回來卻相當困難。今天縱使憑藉警察的力量，也沒有十足的把握。眞的非常不容易。接下來，我必須跟署長商議這件事。對花野來說也是妹妹，我有全力以赴的決心。」

池中安慰森山。

而森山仍然擔憂：「你說那些土匪的據點在五份庄，知道是五份庄的哪裡嗎？」

「知道。警方有帶路人，是那兩名轎夫。」

「這樣的話，轎夫也會一起去嗎？」

「嗯，這是唯一的方法了。不過，目的地是普通人家便罷，如果是土匪的住處，即使是警方要他們把女人交出來，他們也不會馬上同意的。我們的處境相當緊急，如果大隊人馬衝進去，他們可能會逃走，一旦正面對戰，則恐怕不能保護重要的芳枝小姐。」

「是啊，這麼魯莽的行動，是不會有任何好處的……」

池中顧慮森山的心情，說：「我暫時沒有什麼好主意，只能尋找能夠合作的本島人了。我們在幕後運作，讓那些本島人與對方順利對話，我想沒有其他辦法了。」

花野說：「對，最重要的是能善用本島人。池中，我想立刻申請志願成爲特務巡查，負責搜索芳枝的下落，能夠拿得到許可嗎？」

「雖然不能斷言一定無法獲得許可，可是，現在的警部長非常討厭新聞記者，怎麼辦呢？如果你想找自己的妹妹，也不必成爲巡查吧？」

「不，這樣不行。如果這是普通的男女戀情，男女雙方一起跑了，那就無所謂，但對方可是土匪啊。無論如何，勢必需要警方的力量吧。」

「是沒錯，你認識伊曾部警部長嗎？」

「認識。我們等一下去找他吧。」

「那麼要採取什麼手段呢？」

「手段指的是？」

「將芳枝帶回來的手段。」

「我並不是沒有想法。總之，我會盡全力進行搜查。那麼，森山先生。」池中對森山說：「後續我可能會再來找你談錢的事情。」

「預定需要多少錢？」

「嗯，我想需要五百圓或一千圓。」

森山考慮片刻。「我手頭沒這麼多，但我想以我的名義去跟銀行的葉村談，是不會有問題的。這件事我後續會再跟你說明。」

兩人準備帶他離開，森山又出聲叫住，說還有事需要跟花野談談，池中決定先在外頭等待。

池中離去後，森山壓低聲音問：「剛剛你提到艋舺謀殺事件，現在的情況如何？發現什麼證據了嗎？」

花野曾被池中提醒過，無法乾脆地回答。

「不，目前還沒有證據。那個案件跟我只有一點點關係，所以我只是用來消磨時間。」

「很有趣的事件，是嗎？剛剛你還說到本島醫師，那位醫師是誰？」

「啊，就是廈新街的陳。」

「那個陳嗎……」

「你認識？」

「不，那麼陳說了什麼嗎？」

「告訴你一個祕密吧，水池的屍體，根據陳的說法，眞實身分是一個叫賴的本島人。」

「這樣啊。」他稍作沉默，又再度開口。「如果我準備好錢，一定能把芳枝救回來嗎？我最擔心的是芳枝被綁架的原因，若土匪覬覦芳枝的美色，這時候她恐怕已經遭到土匪的毒手，一想到這個，我就難以忍受。所以，你們到底要怎樣救出芳枝，是不是可以告訴我？」

「我能體會你的心情，你會這麼擔心也是正常的。身爲父親的松永，聽到這件事，也會悲痛至極吧。我回去後，會先到松永家去。關於救人的辦法是……」

花野壓低了說話的聲音。

32

在一望無際的群山之間，無論遠近，只見人煙稀少，竹林零落。在下著雨的白天也顯得陰暗的五份庄內，某戶家屋之中，床上躺著一個抽著鴉片的男人。他皮膚黝黑、身材魁梧，目光凶狠、嘴唇厚實、蓄有鬍鬚，穿著黑色縮緬。

大概是抽鴉片抽膩了，他大聲叫侍從過來。他對被叫入內的男人說：「那女人好倔強，真讓人受夠了，怎麼樣，她還是不吃嗎？」

「完全不吃，只是一直在哭。」

「可真麻煩啊。算了，把她帶來這裡吧。可惜沒辦法交談。如果賴在這裡，就能幫忙口譯了。那個男人不知道怎麼了？他送了一個女人過來，卻再也沒有回來了。」

「賴先生那時寫了信，說他晚點就會到，真是奇怪。」

「你也知道吧，賴把那女人送來時，帶進房裡，她第一次見到我，馬上就哭了。她看起來還是個少女啊。只能等她心情好起來了，現在別管她吧，但她如果不吃東西，可是會生病的。可真麻煩啊。」一個大男人談起愛情，也是一臉苦惱。

「如您所願，這就是您想要的日本女人。您並不喜歡生蕃女[71]，才請託賴先生尋找機會，帶一位美女過來，最後終於得到了一位名副其實的日本美人，沒有比這樣的結果更令人高興的了。無論她再頑固，畢竟是個女人，遲早會如您所願的。」他喋喋不休地說。

「沒錯。反正快點把人帶過來吧。好呀，完全沒把日本軍隊放在眼裡的陳秋鴻我，

71 【生蕃女】原作者註，意指九州一帶的女人。

心思卻眞的快被那個女人掏空了啊。」他對侍從說。

還沒來嗎？還沒來嗎？他等待著女人的模樣，卻有著力不從心之感。

這間房子正是陳秋鴻的藏身之處。原本就不是普通住家，而是一處別莊，陳放在房內的床鋪就價值四、五十圓。擺設全都是高價品，椅子是黑檀木，鄉下有這種東西是很不可思議的。吊掛在床頭的蚊帳是由青紗織成，以綢緞鑲邊，紅白絹絲爲內裡。棉被是緋羅紗[72]所製，內襯白色錦緞，長方形的皮箱式枕頭，樣式極爲適合躺臥。兩盞白金西洋檯燈整齊陳列，繪有花卉的畫作，以春夏秋冬四季做爲區分。

一縷輕煙，從香爐中升起，留下一道細長的痕跡。先前離去的侍從，再次將門打開入內。有如被牽著走進屠宰場的羊隻，是松永的養女芳枝。陳見狀向前，將她的手從侍從的手上拉過來，放在床邊。有如花般的芳枝，此時的髮束已因許久沒有梳理而一團雜亂，臉色慘白，濕潤的眼睛裡佈著血絲，滿是淚痕。此外，她的嘴唇緊閉，由於絕食的緣故，臉頰變得削瘦。芳枝在陳的身旁坐下，但只是伏在床上，並未抬頭，陳焦灼的手不客氣地放在芳枝的肩上。

「喂，女人，別這樣啊，不讓我看看妳美麗的臉蛋嗎？」

陳的話芳枝無法聽懂，使他像是對啞巴說話一樣。

「沒辦法聽懂我講的話，可眞麻煩啊。妳再怎麼厭惡，現在也已經跟袋中之鼠一樣了，想回家也回不了家啊。這裡跟台北距離非常遠，日本的警察也好、憲兵也好，甚至是日本人，也不可能來得了這裡。妳考慮再久也是浪費時間，與其這樣，爲了妳好，不如早一點聽我的話。」

陳伸出長臂，想將芳枝拉過來。芳枝甩開了他的手，眼中充滿了淚水。陳平常的脾氣暴躁，但卻忍了下來，想了一下，打開了皮箱枕，從裡頭取出了一只閃亮的手鐲。他緊抓芳枝的右手，將手鐲套在她的手上，芳枝卻立刻將手鐲取下，丟在地上。陳的臉色頓時變紅，又想再抓住芳枝。

芳枝的處境，有如風中燈火。

33

芳枝被一股驚人的怪力拉過去，秋鴻的雙臂像木桶的鐵箍般堅硬，身材纖細的芳枝

72【緋羅紗】織法緻密、質地厚實，染為深紅色的羊毛織品。

完全無法掙脫，整個人往他貼近，而他魁梧的體型在她的眼前成了一座龐大的暗影，芳枝的淚水溢出眼眶，但她緊咬嘴唇，沒有尖叫。

秋鴻將芳枝壓倒在床上，蠻橫地把她的襦袢拉開，此時雪白的肉體已經暴露在他的眼前了。芳枝曾經做過藝妓，但她的客人們都對她溫文有禮。她從來沒有遇過這種有如野獸的男人，面對此刻的遭遇，她的腦中陷入一片空白，頓時喪失了力氣。

秋鴻發現芳枝突然放棄掙扎，甚至連淚也不流了，表情像是個沒有生命的市松人偶[73]，不由得冷靜下來。他感覺內心受了傷害。他畢竟擁有土匪首領陳秋菊之子的自尊，不願以脅迫的方式來獲得愛情。

秋鴻離開了芳枝，去撿拾地上的手鐲。

「這只手鐲有多珍貴，妳大概不知道吧。日本政府來台灣以後，立刻禁止台灣人採礦[74]。我們得僞裝成坑夫，去金瓜石搶，再送到台南去，找信任的中國工匠打造。整個過程要花兩三個月的時間，還需要宜蘭的吳先生幫忙，利益也會被分走一大半。算了，妳又不懂台灣話。」

漸漸回神的芳枝，聽不懂陳說的話，但感覺到他不再動粗了。她靜悄悄地整理好衣服，蜷縮著躲在床鋪一角。

門外傳來侍從的敲門聲，打破了房內的沉默。秋鴻要他進來。

「什麼事？是不是賴來了？」

「賴沒有來，倒是派了使者過來，是個從台北來的台灣人，說賴有要事轉達。」

「使者？」秋鴻心生疑惑。

侍從把使者的名片交給秋鴻，上面寫的名字是周壯俊。

「我從來沒有聽過這個名字。賴的性格很謹慎，絕不會派我不認識的人來。到底出了什麼事？難道，賴把日本女人送來的事，被警察知道了？」

「不可能吧，」侍從說：「賴的綁架計劃那麼完美。」

「我們的人都在，五份庄是很安全沒錯，但到了台北，便不能小看日本警察。這就是賴遲遲沒來的原因嗎？」

「如果賴被抓了，該怎麼辦？」

「那就大事不妙了。日本警察可能會從賴口中得知這個藏身處。」

73 【市松人偶】可換穿衣服的木製人偶，據說外型源自於江戶時代中期的歌舞伎演員佐野川市松。

74 【採礦】明治二十九年（1896）日本政府頒布台灣礦業規則，規定只有日本國民才能經營礦業。

「不太像啊。現在只來了兩頂轎子，完全沒有看到警察。」

秋鴻稍微鬆了一口氣，但他並沒有掉以輕心。

「小心一點的好。不能這麼輕易地相信這個人。就算警察現在沒有集結人馬，也可能先派一兩個人來刺探。這樣吧，你去問他，要他證明他是賴的朋友。如果他做不到，就抓住他。」

侍從聽令離去後，等了一陣子，再度進門稟報。

「那個人說，賴有一對寬大的耳朵。」

秋鴻搖搖頭，說：「這種事，見過賴的人都知道。」

「他還說，今年四月，賴曾經去過廈門林家，用宜蘭吳先生的名義，要求林家提供反抗日本政府的軍用資金，騙到了一千圓。」

秋鴻哈哈大笑起來。「我聽賴講過這件事。這麼說，周的確是賴的朋友。快去請他進來，賴一定有話告訴我。」

侍從立即去引領壯俊入內。

「想不到，這地方這麼漂亮！」

壯俊人還未現身，讚嘆的聲音已從外頭傳來。壯俊的聲音引起了芳枝的注意，芳枝才一抬頭，就跟進門的壯俊打了照面，沒想到，她竟露出驚訝的表情。

秋鴻發現芳枝的異狀，面露不悅地質問：「這是怎麼回事？你們早就認識？」

在秋鴻的怒視下，壯俊沉默了一陣。

「到底是怎麼回事？快說！」

壯俊輕輕地一笑。「賴送芳枝上轎，我也是一起騙她的人啊。但她當時根本沒發覺。她看到我又出現了，當然會驚訝。」

34

跟在壯俊身後，又進來一個二十七、八歲的男人。

秋鴻對侍從使了眼色，請他帶走芳枝。

壯俊的態度客氣：「初次見面，請問是秋鴻先生嗎？我姓周，跟賴是非常好的朋友。請問您的父親外出了嗎？」

「父親有事去了宜蘭的吳先生那裡。賴有什麼事嗎？」

「是關於先前送過來的日本女孩的事。」

「那個女孩嗎？我想盡辦法，好說歹說，她仍然什麼都聽不進去。因爲她太頑固了，我甚至拿出手槍想要脅迫她，她卻像是抱了必死的覺悟似的。算了。賴想說什麼？」

「賴想說的是，那個女孩是一家料理屋老闆的獨生女。因爲她是被騙來的，您應該要明白，她無法接受這種事。強硬的作法是行不通的，您必須想辦法說服她。他告訴我：『其實，這件事由我來處理會比較好，但我另有要事分不開身，沒辦法去。因爲你也懂日本話，請你到陳家去，好好地跟那個女孩談一談，記得千萬別操之過急。』」

「只有這件事嗎？」

「不，還有其他事。但您的父親不在……其實不在也無妨，想跟您商量，請您務必到台北來一趟。吳先生與您父親像是有事情要找您商量，另外，在台北多的是日本美人，等著您來徹夜狂歡，盡情遊樂。

「另外，您到台北的時候，會需要這個錢包的。至於那個女孩，在您從台北回來以前，我會留在這裡說服她。」周從口袋裡掏出信封。

秋鴻收了信。

「是商量什麼機密嗎……雖然不知道是什麼事，總之我會去的。我很久沒去台北了。聽說現在來了很多日本人，一天比一天更繁華了。對了，就像賴所說的，被日本美人伺候是很開心啊，但也不能總是製造賴的麻煩，父親很嚴格，我不能自由用錢，所以，只有那個女孩的事我才請賴幫忙。不是有句話說，趁鬼不在再去洗[75]嗎？我想趁父親不在時去台北玩，但還是滿擔心她的啊。」

「不用擔心。我會特別監視她，並且說服她的。我扮演的是保母的角色。」

「像你這麼帥氣的男人，讓你當保母更不能安心啊。」陳大笑。

然而，壯俊的態度嚴肅。「開玩笑的吧？我是賴選出來的使者，不必擔心。」

「也是。這裡有多少錢？」他打開錢包，裡頭有五疊一圓紙鈔。「有五百圓啊。賴準備了這些錢，眞是周到。這麼一來，父親問到我那筆生意做得怎麼樣，也不會有問題了。那麼，現在就出發吧。那個女孩就拜託你了，好嗎？」

「別擔心。請安心地出門吧。賴人在艋舺新店街二十二番戶藝妓寶仙的家。」

「賴的年紀也不小了，還是一樣喜歡女人哪。」他一邊說著，一邊吩咐侍從，說要在台北住幾天，那個女孩就交給賴從台北派來的使者了。父親回來的話，就說他去台北

75 【趁鬼不在再去洗】「鬼の居らぬまに洗濯」日本諺語，在沒人管的時候盡情放鬆，亦即「天高皇帝遠」。「鬼」是上級或監督者，「洗」是放鬆心情，淨化心靈。

找賴了。

他整理好衣服後，說：「好，走吧。」

壯俊說：「與我一起來的男人會帶您去，可以搭我坐過來的轎子。」

「那真是剛好。」

他準備出發，然而，或許他仍然不放心那個女孩，回頭又掀開門簾，對著壯俊說：

「她的事情就麻煩你了。」才終於搭上轎子離開。

壯俊與一同前來的男子見狀，兩人秘密地互看了一眼，面露微笑。

35

桌椅散置一地，米袋、中國提包等物品，雜亂地堆放在倉庫裡，從窗外溢出來的一絲光線，照在芳枝慘白的臉上。這是秋鴻命令侍從將芳枝關起來的場所。沒有設置地板的平坦地面處鋪了一張草蓆，芳枝的雙手被綁在身後，蜷伏在草蓆上。

從入口處傳來一陣聲響，她唯恐那名留滿鬍鬚的男人走在前面，令人厭惡的目光會與她對上，懼怕地往入口方向看去，才發現開門進來的人不是秋鴻，而是先前曾打過照面的壯俊。壯俊將門輕輕地關上，走進來靠近芳枝，從後方將綁在她手上的繩子解開。

他用日本話說：「芳枝，一定很痛吧，不過已經不要緊了，可以安心了。」他撫摸著她被繩索綁過而發紅的痕跡。

芳枝聽了，表情變得驚訝，她起初沒有回應，好不容易才說：「您是花野先生吧？剛才我見到您的時候，感覺您很眼熟，但那是在完全不同的場所，您穿著完全不同的服裝，我還以爲我認錯人了……您是怎麼到這裡來的……」

她流著淚，不再說話。她不知道該先說什麼才好，情緒焦急，無法平靜。

「芳枝，妳忍耐很久了吧。妳被他們綁架，不知道有多令人擔心。還好我趕來了。其實我是來帶妳回去的。」

「眞的嗎？您居然知道我人在這裡。剛剛門打開的時候，我原本已經做好了被殺的覺悟。您爲我而來，我眞是作夢也沒想到。能夠在這裡遇見您，眞是讓人開心。」

她喜悅得將花野緊緊地抱住，陷入沉默。

早有必死覺悟的少女，再次見到一線曙光，不知道心情會是怎樣？芳枝這才察覺自己高興得沖昏頭，迅速離開了花野的膝上，往房內四方查看。

「剛剛我們那樣……沒有被人看到吧？」她結結巴巴地問。

花野察覺了她的心情。「總之，這裡不是能說話的地方。我們先離開吧。」

芳枝的表情仍然充滿不安。「那個留鬍子的男人怎麼了？您如果要帶我離開……」

「那個男人現在不在。詳細的狀況，我會再慢慢跟妳說明，不必擔心，跟我走吧。」

芳枝聽了，心懷恐懼地牽著花野的手，與他一起離開倉庫。

花野艷雄與芳枝彼此熟識。花野現在是《台北新報》的社會版記者，卻流連歡場，常說在料理屋裡沒有酒和女人就睡不著覺，他也經常指名芳枝伴遊。剛才芳枝見到花野穿著漢服，會嚇一跳不是沒有理由的——花野不可能會來這種地方啊，她以爲是自己憂慮過重，心生幻影所致。在這個有如監獄一般的地方，只能勉強維持即將失去的性命，見到長得像花野的本島人，又發現原來眞的是花野本人，而且是來救她的，從極度悲傷的心境，轉變爲極度喜悅。

花野爲芳枝打氣，將她帶到先前的房間。他想要再說些什麼，多次猶豫，才決定不再拖延，等回台北詳細解釋。

「我還有很多話想說，但先回台北吧，不知道還有沒有轎子？這附近應該有苦力，可以拜託他們快點出發，總之，得馬上離開這裡。」

「眞的回得了台北嗎？」她花般的嘴唇開啟，問。

花野思考了一陣，叫侍從過來，用台灣話說：「你看這個女孩現在身體瘦弱、面色憔悴，我想把她帶回台北照顧，等她痊癒後再帶回來。秋鴻先生人也在台北，全都在台北處理即可。我現在就想帶她走，可以幫我到錫口去雇個苦力嗎？我讓苦力背著她去。」

他僞造了藉口，又給了對方五六張惠比子紙[76]。芳枝的精神恍惚，依照花野的話做，把頭髮梳直、整理好衣服。她讓花野攙扶站好的姿態，彷彿一抹烏雲散去，月光清明。

36

芳枝原本以爲，要嘛答應當秋鴻的小妾，不然就會被殺頭，或是永遠回不了台北。但現在，沒想到花野前來救援，喜悅之情溢滿全身，到底花野是怎麼知道這座荒野的山間裡自己被囚禁的地方呢？又爲什麼留鬍子的男人會擱下自己離去呢？

76 【惠比子紙】即惠比壽紙，明治時代的一圓紙鈔，繪有惠比壽的形象。惠比壽是日本海神，為七福神之一，常見形象為頭戴烏帽、身穿狩衣、右手持釣竿、左手抱鯛魚。

她無暇思考這些疑問，只能聽從花野的催促，一邊感到不安，一邊承受侍從疑惑的目光，與花野一起回到台北。然而，當轎子在家門停下，她對自己這段時間以來遭遇的不幸感到悲哀，也不知道該如何向養父解釋，即使下了轎子，雙腳也無法往前走。

花野焦急起來，催促芳枝。「芳枝，怎麼了？妳還在等什麼呢，妳知道妳父親有多擔心妳嗎？快點進家門啊。」

一會兒，屋前的格子門啪一聲打開，門後是憂心芳枝安危的父親松永。他看了一眼芳枝，向她走近，「啊，是芳枝嗎？妳回來了。有沒有受傷？」語氣中充滿父親的憐惜。

「爸爸，眞的很對不起。請原諒我。」芳枝垂下頭來。

「啊，不需要道歉。妳可以回來就好。兩三天沒見到妳，妳變瘦了。」

松永眨了眨眼，向花野道了謝。

當花野得知芳枝並不在森山家時，他認爲一定是被本島人帶到五份庄的土匪那裡了。他答應松永，一定會想辦法在兩三天內把芳枝帶回來，但一說到土匪，無論是警察或憲兵都無法出手，於是他說，他會一個人潛入土匪首領的家中將芳枝帶回來。

花野的想法令人佩服，但松永勸他別這麼做，他沒有聽。畢竟，芳枝是他同母異父的妹妹，而且他不是盲目行動，而是設計了明確的策略，不會有危險的。抱持著莫大的決心，花野並未說明執行的細節，終於達成了這項任務。

「這一兩天我擔心得睡不著覺。女兒和你能夠平安回來，有如做夢一樣，完全不像現實。」松永好好地看了看他們倆，再對芳枝說：「我也不知道該問妳什麼，該從哪裡說起才好，但妳能夠平安，完全是花野的幫忙，妳要好好謝謝他。」

「花野先生，眞的非常感謝您。」

芳枝聽了父親的話，儀態端正地向花野行禮，模樣相當可愛。

花野揮揮手。「不用多謝了。我如果沒有詳細解釋，妳也會覺得疑惑吧。其實，妳是我母親的女兒，對我來說並非無關緊要的人。只是，當我知道妳是日本人，還是我的妹妹時，妳已經下落不明了。」

而當池中看到松永家的照片時，確定照片上的人就是花野的母親。接著，花野簡短說明了森山的情況。

「森山一直很擔心妳的事。他想要正式申請結婚，沒想到發生這種事，令他非常沮喪。松永先生也非常擔心妳，卻又無計可施。我知道妳是日本人，還是我的妹妹以後，我也無法不當一回事，我認爲，這件事可能與艋舺謀殺事件有關。我與池中特務巡查討論後，向他說我要志願擔任特務巡查，仰賴警方的力量來找出妳的行蹤，或者，除此之外有沒有其他辦法。

「我左思右想，終於想出一個方法。我聽說，台灣的土匪會綁架有錢人的小孩，拿到錢以後再把小孩歸還，因此我想要模仿這種做法。不過，這次的狀況有點不同，妳是大家公認台北數一數二的美人，他們騙了妳、將妳綁架，應該也不是只爲了錢。這麼一來，就算我們擁有一座山那麼多的黃金，要帶妳回來也很難。到底有什麼好辦法，我不斷反覆思考，結果就想出這個方法了，也成功地將妳帶了回來。」

花野解釋了行動的始末後，又向松永說：「松永先生，芳枝完全沒吃東西，再不吃的話，身體會更虛弱的。但這種時候不能吃飯，最好是又細又軟的粥……」

芳枝聽了花野的話十分吃驚。她沒想到拯救自己的人是自己的哥哥。這眞是不可思議的巧合，在悲傷之餘又出現了值得喜悅之事，然而，芳枝的臉上卻蒙上了一層陰霾。

37

另一方面，從五份庄出發的陳秋鴻，沒有讓侍從陪同，而是與從台北而來的本島人搭乘了等在門前的兩座轎子離家，抵達台北的時刻，大約是變裝爲本島人的花野帶著芳枝回到松永家的三小時前。轎子經過北門，應該往西門的方向去，卻馬上進了北門，在警察署前直接停了下來。

此時，秋鴻從轎窗往外看，見到台北警察署以厚重字體寫成的門牌，門前戒備森嚴，心想這到底是怎麼回事。

「喂，轎夫，不快點去艋舺嗎？」

但轎夫卻以毫不知情的表情，擦拭著如玉珠一般的汗水。從前面的轎子下來的人，是與花野一起來的本島人，他一下轎就立刻進了警察署，同時，有四、五名體格強悍的巡查出來，將秋鴻乘坐的轎子圍住。秋鴻還不知道發生什麼事，只是覺得奇怪。

「秋鴻，我們是警察，你束手就擒吧。」

「你們是警察、偵探嗎？竟然用日本女人當

西門通

誘餌，把我騙來台北？但是，我可不會被這麼拙劣的計謀陷害！」

情緒暴躁的秋鴻，額頭的青筋暴脹，從轎子裡出來，就被站在那裡的本島人抓住胳膊向後擰，他不斷地腳踢反擊，四、五名巡查陸續拿著繩子撲過來，防止他逃走。

秋鴻是個花花公子，但繼承了父親秋菊的性情，比行事冷靜的人更勇敢。他雖然無法反抗，仍舊毫不猶豫地說：「日本巡查不管來幾個人我都不怕。來啊！」

他朝著站在眼前的巡查打了一拳，擊中對方的側腹，對方則迅速將他摔飛，他掉進水溝中，有如濕透的老鼠。

上村署長當機立斷，在遠處指揮巡警們，迅速將秋鴻綁住。然而，北門街人潮擁擠，很快地聚集了一群看熱鬧的圍觀民眾。秋鴻再頑強，畢竟手無寸鐵，被眾警員包圍後，終於雙手被綁，關進了警察署後方的拘留室。

署長室中，有上村署長、池中與中村兩位特務，剛剛被秋鴻踢中的本島人、黑仲警部，以及其他兩三名警部在場。

池中特務說：「我想簡單說明一下將秋鴻逮捕的過程。說起來，好像是在誇耀自己的功績，但秋鴻確實是個少見的土匪頭子，他就是知名的土匪首領秋菊之子，很受那群同夥的擁戴。令人高興的是，警方並沒有花費太大的力氣就將他逮捕了。關於這一點，我必須回頭說明一下。我原本正在調查艋舺水池事件的犯人，我花了一些時間進行調查，那個案件與本島人有關，卻一直找不到有力的線索，也無法向署長、中村特務呈報案情的進展。

「不過，先前在地方法院與檢察官會面時，當時署長也在場，總算獲得了一些線索。那就是在北皮寮街的鴉片館裡，有兩個本島人曾經發生爭執，還有，見習屍體解剖的本島醫師，他的行爲舉止令人起疑，後續逐漸有一些事實浮現，與本案有相當大的關係。

「此外，我從署長那裡獲知失蹤調查的申請。松永的養女芳枝遭到本島人的綁架，送到五份庄的陳秋菊家中。這才是事件眞相揭露的開端，發現水池裡的屍體是一名叫做賴的上海人。接著，對照事實的前後關係，也確定了賴就是綁架芳枝的本島人。

「原因是，那名本島人身穿西裝，精通日本話，他在十五日時用轎子綁架了芳枝，而我在水池發現屍體時是十七日。而松永提出申請的時間也是十五日，日期不但相當接近，根據本島醫師、轎夫的證詞，可以得知自稱賴的本島人來自上海。

「如果屍體是日本人，死者的親友、家人應該會報案，但警方什麼報案都沒收到。即使戶籍法目前還不完善，絕大部分的日本人也都登記了戶籍，經過調查，在沒有任何報案的情況下，死者一定是本島人或中國人。再者，死者的髮型散亂，也無法得知他是本島人或日本人。於是，才根據本島醫師和轎夫的證詞進行搜查。開始進行搜查的時間點，恰好發生了芳枝的失蹤案。

「因此，關於芳枝的案件，可以確定動手綁架的人就是賴。而如果是賴所為，毒殺賴的人一定就是本島人。如果是本島人，凶手一定就在陳秋菊的土匪一夥人當中。若想查明這段時間發生的事件經過，必須接觸關鍵人物陳秋菊。那麼，就可以明白賴到底與誰發生恩怨、遭到誰的憎恨。

「然而，這非常困難，畢竟不是日本人辦得到的事。因此，如前所述，既然芳枝被送到陳秋菊家了，那麼，考慮到將芳枝帶回來的手段，終於想出誘使陳秋菊到台北來的計劃。」

池中端起桌上的熱水解渴潤喉。

38

池中繼續說明。

「只要能順利將陳秋菊誘騙到台北來，除了能取得治安上的重大成績，更能讓台灣北部的民眾安心。警察也好、憲兵也好、守備隊也好，都對土匪作亂相當苦惱。總督府也好、縣廳也好，也爲了消滅土匪耗費了龐大的資金，現在卻只能以防守代替攻擊。眞沒出息啊。所以，如果能將北部統領土匪的首腦秋菊逮捕，沒有比這件事更令人欣喜的了。

「總而言之，對於水池謀殺案、芳枝綁架案的偵辦，我抱持著極大的希望。我想你們也覺得這是極大的希望吧。至今警方雖然多次打擊秋菊，自身也有所死傷。土匪的檢肅工作一直沒有好的結果，卻想單獨逮捕秋菊，是一項極爲大膽的任務。於是，我向署長呈報了自己與花野艷雄兩人一起設想的計劃。

「我們討論了這個計劃，我知道，這一定會被稱之爲魯莽的行動而遭到阻止，其實我們自己也不確定是否一定沒問題。因此，一開始我希望這個計劃就能保密。至於前往五份庄的具體行動，花野發現他與芳枝其實是同母異父的兄妹，眞是不可思議，所以他才決定自己去帶回芳枝。此外，花野精通台灣話，最適合僞裝成本島人了。他由兩名轎夫帶路，與一位本島警察鄭密探一起大膽前往五份庄。

「花野準備了現金五百圓，準備用這筆錢巧言欺騙陳秋菊。首先，假稱自己是賴的使者，與陳秋菊會面。如果賴就是被毒殺死於水池的人，而且凶手不是陳秋菊，而是由其他憎恨賴的人所殺，陳秋菊應當不會起疑，而信任由花野所假扮的本島人吧。

「如果本島醫師作證的賴，並不是水池裡的屍體，秋菊大概會問起賴是個怎樣的人吧。根據他的回答，就能確定賴與秋菊是否有關。那麼，也可以確定水池裡的屍體就是賴。不過，這只是以防萬一的考慮。那具屍體是賴，而秋菊並不知道賴已經死亡，這是我們的前提。

「接著，花野將會以賴的名義，用計將秋菊引到台北，然後再帶芳枝回來。這是非常危險的任務。去了等同於敵人的地盤，必須有一旦偽裝被識破就會沒命的覺悟。這完全是在冒險。但是，花野的決心堅定，只要能夠成功，首先是可以逮捕秋菊，第二是能夠帶回芳枝，第三是可以獲得謀殺事件的線索，一舉多得。

「花野與鄭密探兩人到了五份庄，究竟會發生什麼事，其實我非常擔心，所幸剛才的逮捕行動已經成功了，花野的確完美地執行了這項計劃。可惜的是，根據鄭的說法，這個人並非秋菊，而是秋菊的長男秋鴻。不過，比起過去的攻防，這次秋菊失去了長男，必然銳氣盡失。花野馬上就會出面了，我就先說明到這裡。」

池中說完後，署長回答：「池中巡查和這個叫做花野的人，真是立了大功啊。不過，我先前也說過，請朋友來執行警方的工作，對警方的威信影響非常大，不是什麼值得高興的事。尤其依照你的說法，他是《台北新報》的社員，那就更糟糕了。今後請你要更謹慎，不能再請託朋友去做這樣的事情。」

「署長，這一點我很明白。不過，所謂的隨機應變，必須視情況而定，不能說這麼毫無通融的話。署長也知道吧，我們的工作，經常會利用盜賊來逮捕盜賊。偵探進行調查的方法千變萬化，既然署長已經讓我全權負責了，我希望可以擁有足夠的自由。最後只要能逮捕犯人就行了，花野參與這項任務，就當做是我以私人名義雇用的吧。」池中意氣風發地說。

署長苦笑。「在五份庄的秋菊家中，關於花野的行動，你可以問鄭。」

池中對著鄭說：「署長說得沒錯，但我想問，也無法溝通啊。有沒有懂台灣話的巡查呢？」

署長想了想。「有是有，但不好找。想對話卻沒辦法交談。真是麻煩。向警察部借調吧。」他打了電話，要口譯官過來。不久後，口譯官到了。他詢問花野的行動，本島人鄭照實說明，如前所述。

39

松永家的內廳裡，松永、芳枝和花野，爲慶祝芳枝能平安回家，舉辦了一場小型宴會。松永心愛的女兒回來了，心情高興得平靜不下來。

「哪，芳枝，妳爲什麼會被帶到那種地方去呢？我聽警察池中先生說，妳曾和民政局的官員森山先生有過什麼約定。妳在當藝妓的時候，可能跟他的感情已經很好了，因此，妳一定是躲到森山先生家裡去了，池中先生和我是都這麼想的。

「結果，我們都錯了，我一聽到妳是被土匪綁架的，眞是太震驚了，差點以爲妳的性命要沒了。能夠再次見到妳，眞的像做夢一樣。不過，那位森山先生到底與妳有什麼關係，請妳不要隱瞞地告訴我。」

松永一邊擤著鼻水，一邊詢問芳枝。芳枝沉默了一陣才終於開口。

「父親，請您原諒我。我沒有聽從您平常的提醒，趁您不在家的時候外出，完全是我的錯。我不會再隱瞞了，請您盡量責罵。十五日早上，父親您不在家的時候，有一個身穿華麗西裝、年紀約四十五、六歲的男人，告訴女僕阿菊，說他想要見我，希望能夠進屋。

「我平常不會與任何人單獨在屋內會面，他說他知道，只是答應了森山先生的請託才會來訪，請阿菊代爲傳話，稍微露個面也好。既然森山先生這麼說，對方又是個非常親切的人，便答應了對方的要求，出來與他會面，離開了一下帳場。

「見了對方，他說森山先生有話對我說，希望能見我一面，他在府前街的朝陽號等我，請我務必要過來一趟，還給我看了一封信。上頭的署名爲森山茂，是寫給我的信。啊，這封信現在還在我的袖子裡。」

她取出一封充滿皺褶的信紙，讓父親與花野來看。花野馬上念了信件內容。

> 寫信向妳問候，久違了。不知妳是否安好？我希望能見妳一面，有許多話想對妳說，但妳家中有人，甚為不便，因此希望妳與信差一起到朝陽號來。詳情請容我在會面時再談。
>
> 此外，如有其他問題，請向信差詢問。
>
> 九月十五日　森山茂
>
> 致芳枝小姐

「就像信上寫的，我詢問信差，到底有什麼要事？對方說，他只知道一個大概，他說，他聽森山的話，知道我與森山的關係匪淺，對此，有一個嫉妒者寄了匿名信給森山，要求與森山決鬥。我聽了十分驚訝，因爲我的緣故，居然發生這種事。

「首先，我對森山先生感到很抱歉，和森山先生的關係被他人誤解，我不能讓這種事情發生。因此，雖然我答應了父親，不會在他不在家時外出，但我想這件事只要在他返家前解決就行了吧，所以，我請對方務必帶我去，對方也認爲去談一下比較好。那個人說，他會先到朝陽號那裡等候，然後就離開了。

「我外出時一定會帶著女僕，但我心想，如果帶著女僕一起去，這件事就會被人知道了，所以我沒有告訴阿梅，就偷偷離了家。在父親面前坦承這件事，我感到很愧疚，但我如果不說，又會被父親懷疑，我想說的是，在我學藝的期間，那位森山先生說他希望和我在一起，也會正式向父親提親，但不知道我覺得可不可以。我回答，如果他願意跟我的父親提親，我沒有任何意見。因此，如果他是爲了這件事有話想跟我說，那我想我就得去一趟，這樣才知道他打算跟父親怎麼談，於是，我便一個人去了朝陽號。」

父親松永還不太明白事情的經過，但已經顯得有些吃驚。

40

芳枝繼續說明。

「我到了朝陽號以後，只見到那個四十五、六歲的男人，卻沒有看到森山。我問森山在哪裡，他說森山先生不想被人看見，現在在圓山六角堂[77]等候，可以從這裡搭乘轎子過去。我心想，這樣回程的時間便會更晚了，但既然已經來到這裡，若沒有與森山先生見面，對他就十分抱歉了，我說那麼請你帶我去吧。

「我們出了店門一看，已經有一頂轎子在那裡等候了。我想，這可眞是準備妥當。不過轎子只有一頂，我問那人，你不一起去嗎？他說，我沒去也無妨，去了反而會讓你們不方便說話，別讓森山先生等太久了，請盡快搭轎出發吧，他催促著我，我便搭上了轎子。

77　【圓山六角堂】指日治時期設置在台北大龍峒圓山公園內的六角堂。

「後來，由於轎窗的簾子垂下，我無法判斷方向，下了轎子之後，才知道人已經在險峻的深山裡了，我感到十分害怕，問轎夫這是哪裡。可是，他們只一直說著：『不通、不通。』我完全聽不懂。我從來沒有去過圓山，但聽了他們的話，感覺這裡應該不是圓山，這時候才發現自己被騙了，感到毛骨悚然。

「這時候，一個本島人從房子的深處走出來，想把我帶到屋內，我感覺對方很危險，想要馬上逃走，就被他使勁拉進屋內，一個長滿鬍子、面目凶惡的男人出現在我面前。這個男人令人作嘔，似乎講了很多下流的話。不知爲何，他們把我關在房間裡。」

她說完自己的遭遇，才深深地吐了一口氣。

這個叫做賴的本島人，利用森山茂的名義綁架了芳枝。芳枝在父親外出之際，一名帶著森山信件的陌生男子來訪，她相信了對方而偷偷外出，又前往圓山的公園。不得不說，身爲一個女孩子，不應該做出這樣的行爲。然而，正如芳枝說的，她聽到由於自己的緣故，有人寄了決鬥信給森山，因而希望能與森山詳談，她知道森山想要與自己結婚，而且從以前開始，他就一直照顧自己，因此不能任意拒絕，她也想讓森山滿足想見到自己的願望，才會未經思慮地外出。縱使她是一個謹愼而敏感的人，卻作夢也沒想到自己會遭遇到這樣突如其來的災難。

芳枝當過藝妓，她的名號在台北曾經廣為人知，作為一位好人家的女兒，與男性會面遊玩，已經令人難以想像，父親不在時，又聽信初次見面的男人所說的話而外出，更讓人無法接受。只是，令人疑惑的是，那個名叫賴的上海人，不但在朝陽號的住宿登記簿上寫了永井物太的姓名，來到松永家時，又以森山茂的名義誘騙了芳枝出門。難道說，賴是森山茂的朋友，而森山也認識賴這個人嗎？那麼，森山到底和這名上海人、行事有如流氓般的賴是什麼關係？

森山又為何會將匿名決鬥信的事情告訴賴，讓他與芳枝會面呢？

整個案件依然充滿疑問，必須將這些疑問解決，才能在霧散之時看見陽光。

圓山公園

41

房內的凹間[78]放置著一座全由桐木所製的衣櫃，旁邊是一座西式的梳妝台，再過去有一個東京風格的裁縫箱。牆上鑲著一幅東京美人的石版畫，凹間的掛軸，是一幅元祿時代不知名繪師的美人畫卷。那兒有一張表面以和紙拼貼裝飾的小型書桌，桌上有一只小硯台，旁邊是一本相簿，此時一隻手肘靠在桌上、坐在皮製坐墊上的，正是芳枝。

芳枝的雙頰豐滿、肌膚比雪更白、嘴唇猶如牡丹，她已經完全不再像是曾經被囚禁在秋鴻家的模樣了，但她的雙眼中依然帶著少許的哀傷，像是陷入沉思一般。芳枝從土匪的巢穴回來以後，已經失去了過去的開朗，彷彿籠罩著一股陰鬱。

父親松永最鍾愛的女兒就是她，爲此也感到憂心忡忡，便吩咐了芳枝最喜歡的女僕阿梅去看看她的狀況。

阿梅打開房間的紙門。「小姐。」

芳枝有氣無力地看著阿梅，說：「阿梅，有什麼事嗎？」

「也沒有什麼事，只是看到小姐您現在的樣子，是不是在煩惱什麼事情，還是有什麼不開心的事情呢？老爺很擔心啊，說是不是應該看個醫師比較好，好不容易撿了一條命回來，身體也沒有受傷什麼的。他要我來問您，是不是有什麼心事，小姐，您可不能辜負老爺的恩情啊，不知道您在煩惱什麼，就請您說出來吧。對了，小姐，最近聽說您和民政局的官員森山先生好像有什麼約定，您是不是在煩惱這件事情呢？」

「啊，妳看得出我在煩惱嗎？」

「也不是我看得出來，而是您回來以後就一直關在房裡，不知道在想些什麼。」

「這樣啊，是我不好。我應該向父親道歉。我什麼事都沒想，身體也沒什麼問題。」

「小姐，您說的是場面話吧，您對阿梅我有所隱瞞，感覺好冷淡啊。如果是您跟父親開不了口的話，也可以跟我說啊。我絕不會害您的。」

「阿梅，我說我沒有在煩惱什麼，妳卻要堅持我有在煩惱什麼嗎？」她拚命迴避話題。

阿梅的心底有所疑惑。

「那是不是連阿梅我都沒辦法啟齒的話呢。阿梅我跟在您身邊好多年，這麼說也許

78 【凹間】［床の間］一種裝飾用的日本室內空間布局，在房內一角以設計一小塊地板略高的內凹空間，可掛畫軸、放置插花等擺飾。通常使用於客廳或客房。

有些失禮，我一直把您當做自己的孩子，您卻和以前不一樣，這次如此極力隱瞞，完全不願意自己把話說出來呢。」她果斷地對芳枝說。

然而，芳枝仍無話可說。

阿梅又說：「沒關係，這是想說也說不出口的煩惱對吧。但是，您應該可以告訴阿梅我的。小姐，您是不是在想著什麼人呢？」

阿梅凝視著芳枝的臉，心想她猜中了。

「阿梅，妳想告訴父親這種事嗎？」芳枝顯得有些驚慌。

「不，我不會說，只是我……如果不想我這麼做，請對我說清楚吧。」

然而，芳枝卻只是望著阿梅的臉，她緊閉的嘴唇，終究沒有打開。於是，阿梅叫了阿菊的年輕女僕，把今天出刊的《高砂朝報》拿來給芳枝。

芳枝把阿梅才剛泡好的茶一飲而盡，以疲倦的神情翻開報紙，她的目光突然停住，留在以〈森山事務官的艷福〉爲標題的新聞報導上。

●森山事務官的艷福

旭日高昇的「厚真館」，曾有一位藝名叫做芳枝、外貌妖艷、令中秋明月也黯然失色的藝妓。喜愛尋歡的人們，為了想見到那朵花、為了想摘下那株春蕾，絡繹不絕地前來求愛，但芳枝是料理屋老闆的獨生女，雖然跳舞，但不做淫事，是一位守分的女孩，許多男子想出手卻不可得，使她獲得了高度的評價。

然而，卻有傳言指出，森山事務官自某日起，已經與這位芳枝締下了結婚誓約。經過幾年後，芳枝舉家搬到北門街來，此時，芳枝因父親不在而偷偷離家，行蹤不明，父親非常感嘆，派人分頭尋找，但仍然沒有什麼線索。芳枝罔顧父親的悲嘆，現在人卻在森山事務官的家中，火盆放在屋內正中央，與森山兩人對坐。芳枝被親暱地叫著名字，以象牙筷用餐，開心享受著奢侈的生活，與情人雙手緊握。在這個時節[79]享用中華料理，讓人實在有點不愉快啊，但北門街父親的鰻魚料理香味也傳不過來，沒有人知道她就在附近，真是可惜。

不過，事務官在近日內可能就會提出結婚申請了。這是最近在台北發生的

79 【時節】［時節柄］此處並非指季節，而是當前的世界局勢。中華料理也並非指料理本身，而是台灣才割讓給日本不久，與中國的關係惡劣，無法愉快享用中華料理，或享用時予旁人不舒服的感受。

42

茶餘閒事。啊，他真是一位大情聖！

芳枝讀完了刊登在《高砂朝報》上以〈森山事務官的艷福〉為標題的閒談記事。

「哥哥是《台北新報》的記者，為什麼允許他們刊登這種錯誤百出的新聞呢？我眞的快受不了了，世上的人們一定會相信這篇報導，是不是應該拜託哥哥去作廢這篇報導呢？」

她不是對阿梅說話，也不是自言自語，直接將報紙棄置在一邊。

「儘管如此，哥哥也是個媒體人，阿梅，妳看看報紙，上面寫了我跟森山先生的關係，以及我瞞著父親躲到森山先生家中。」

阿梅回答：「小姐，您會這麼說，表示您一點都不擔心森山先生的事情呢。」

「森山先生的事情，先前爸爸和哥哥問我的時候，我已經全都解釋過了。完全沒有任何讓人懷疑的地方。我遭遇到那麼可怕的事情，森山先生恐怕也不知情吧。但我敢肯定，森山先生一定跟誰說過我的事情。

「哥哥說他也曾去問過森山先生，那時應該明白了很多事吧，森山先生一直思念著我，讓我非常開心，我對森山先生卻什麼也……」

「那樣的話，小姐和森山先生就沒有特別的關係了吧。也就是說，只有森山先生對您念念不忘，這就是俗話所說的，『鮑魚只有一片貝殼』的單相思啊。」

阿梅說著感覺好笑，便高聲地笑出來。芳枝也寂寞地笑了笑。

阿梅接著又說：「現在我明白了，小姐並不擔心森山先生，但您到底在煩惱什麼呢？請您不要再隱瞞了好嗎？您也已經長大了，很快地就要成爲新娘，或者入贅得到一位女婿，您終究要做個決定。因爲單身，才會遇上這種災難。而且，因爲單身，才會傳出一些是非，老爺應該也很擔心吧。如果您眞的有心上人，請先與阿梅我商量吧。

「接著，只要得到老爺的同意，也許就可能照著小姐的希望進行了。到了那時，您可能會後悔沒有早點和阿梅我說啊。」

芳枝聽著阿梅的安慰，沉思了一陣子。

「阿梅，妳既然問了這些，我想我什麼事情都必須跟妳說了。可是，請妳不要告訴爸爸。妳聽了也會很驚訝吧，阿梅，我覺得現在的哥哥要是回到以前的花野先生就好了。」她一邊說，一邊看著阿梅的臉：「怎麼會這樣呢？明明我跟哥哥總算能夠重逢，而且他還救了我，這樣的情況，好像小說一樣。比起現在的哥哥，我覺得以前的花野先生更好。實在是毫無道理啊！妳也會跟我有一樣的想法對吧，所以我才會那麼煩惱。」

「小姐剛剛所說的，阿梅我根本無法理解啊。小姐這到底……」她的表情困惑。

芳枝已經不再感到羞恥了，說：「我還是藝妓的時候，某個晚上和也同樣是藝妓的仲種小姐進房間接待客人，當時見到的，就是那位森山先生和現在的哥哥。後來，我跟哥哥又見了幾次面，感覺是個很好的人。

「我們家搬到這裡以後，我跟哥哥再也沒有見過面了，可是，我卻怎麼樣都忘不了花野先生。這就是情歌裡描述的戀愛嗎？我這樣的心情，無法告訴任何人。那時，如果花野先生說他喜歡我，就算知道對不起父親，我也許還是會接受。現在想想，好像也覺得沒關係了。這次在意想不到的災難中救了我的人，沒想到就是我的哥哥……」

後續的話語，芳枝就停留在口中了。

43

台北地方法院的法庭上，此刻的時鐘報時九點，大西預審法官與大田書記官一同入席，宮野口譯官則坐在法官右側。入口的門打開，被告進門，包著頭部的頭巾被取下來，站在法官面前。這個人正是秋鴻。

秋鴻從台北警察署移送到地方法院，今日為了接受法官審理而現身在這裡。秋鴻被花野的陷阱輕易捕獲，進了監牢。對警方來說，這眞是無比僥倖之事，相較打擊數十名的土匪，只要逮捕了這位秋鴻，可說是大獲全勝。一旦秋鴻遭到逮捕，父親陳秋菊必然沮喪萬分，失去往日英氣。

這一天，法院也傳喚了花野艷雄，以證人的身分出席，此時已坐在庭內。大西法官輕聲地呼叫花野，請他說明逮捕秋鴻的事情始末。花野起立，陳述事狀，與池中告訴台北警察署長的話相同，秋鴻的土匪行徑，如今已無需贅言。

「他就是有名的秋菊之子，與父親一起騷擾良民的作為，縱使沒有證據，也是不爭的事實。他很可能也知道那樁艋舺謀殺事件的犯人是誰。如果秋鴻知道犯人的身分，關於謀殺案的調查多少可以有些斬獲。

「我有一個想法，想提出來供大家參考。我剛才說過，為了帶回松永的女兒芳枝，我使用賴的名義，以巧言欺騙了秋鴻，我認為只有使用這個方法才能成功。理由是，在我的想法中，綁架芳枝的人一定是賴。

「那麼，如果賴被某人所殺而死在水池中，賴將芳枝送到秋菊家以後，絕對無法到秋菊家去。因此，我才能成功地以賴的名義進行欺騙，再利用假稱由賴所致贈的五百圓，讓他把非到手不可的芳枝暫時交給我，再被我誘到台北去。我最主要的目的是帶回芳枝，最後能成功逮捕秋鴻，眞可說是意外的收穫。

「法官大人，只要針對秋鴻與賴的關係進行訊問，我想必然能獲得更多證據，甚至百尺竿頭、更進一步地得知犯人的身分。」

大西法官說：「本官大致上已經瞭解花野陳述的事實。當然，秋鴻是不是一名土匪，並非今天想問的問題。本官與花野的想法相同，想知道秋鴻與賴到底是什麼關係。」

依據既定流程，秋鴻先被問了住址、姓名、年齡等事，接著才詢問他在綁架芳枝之前是否已經與賴關係密切，或者是最近才與他頻繁往來，請他坦白說明。

「我是今年三月左右認識賴的。他受到我父親秋菊的禮遇，父親什麼事情都會找他商量。要說他扮演了顧問的角色也毫無問題。」

「那麼，你知道賴的背景，以及他到現在爲止的經歷嗎？」

秋鴻聽了，臉色一變。

「問這種事做什麼？賴無論是什麼人都無所謂吧？我的確是秋菊的孩子。對日本政府來說，土匪若是很可怕的一群人，那我就是這可怕的一群人裡的一份子。我可以否認再否認，說自己並不是土匪。然而，我是秋菊的孩子。我不以父親的名字為恥。只是很遺憾，我愛上了一位日本女子，並因此淪為階下囚。理所當然，我會接受日本政府的刑罰。要將我處死，就快點下判決，不管我和賴有關係也好、沒關係也好，那種事情根本用不著問。」

他的宣示裡，有一股凜然的氣魄。

44

大西法官說：「或許對你來說毫無關係，但我們認為有必要進行訊問。你不必說多餘的話，請針對本官的訊問作答。你應該知道吧，即使曾經當過土匪，實際上只要願意歸順日本政府的人，就得以既往不咎。你也可以獲得同樣的特赦。總而言之，處決你或釋放你，並不是依據你的指示。請你說明賴的身家背景。」

「既然這麼想知道賴的事，我就告訴你吧。不過，與其問我，不如去問他本人。我只是聽了賴的名字才會到台北來，我想他跟我一樣也進了牢房對吧？」

「不，賴已經被某人毒殺了，屍體棄置在艋舺龍山寺前的水池裡。賴既然是你們父子的顧問，他勢必會做什麼壞事吧。他遭到殺害，也是一種天罰，自作自受，凶手到底是誰，即使沒有追究的必要，但爲什麼賴會被殺呢？賴之所以被殺，一定有什麼原因吧。我想問你的是這個。」

秋鴻聽到口譯官宮野的口譯後，神色十分驚訝。

「那個賴被殺了嗎？因爲賴被殺了，你說你想知道凶手是誰嗎？如果找到了凶手，你們一定會逮捕他對嗎？他居然已經死了，眞是太遺憾了。沒有了賴，也沒有了我，父親會很痛苦吧。」秋鴻低聲沉吟。

接著，他又語氣平靜地說：「關於賴被人殺害一事，與他所做的壞事有關也好、無關也好，直到現在，我都沒想過我會被問到凶手是誰、殺害的理由是什麼。若是中國政府，做壞事的人被殺，是最好的結果，不會繼續追究。追究殺害賴的犯人是誰，我的心情比你們更強烈。那麼，關於賴的身世背景，我把我知道的告訴你們吧。

「賴是上海人。他十八歲時，曾經到過日本橫濱，不知道在做什麼生意。那時，他有一位日本情婦，爲他生了一個孩子。後來他覺得橫濱很無趣，去了神戶兩、三年。當然，他沒有工作，聽說靠賭博、詐欺、僞造錢幣，大部分是做一些壞事過日子。他來到台灣，是今年年初左右。

「他帶著宜蘭吳先生的推薦信，拜會我的父親秋菊，後來，他執行了很多計劃。他今年應該是四十八歲。他曾經長年在日本生活，精通日本話。而且他沒有綁辮子，稱他是一個純粹的日本人也沒問題。

「在我們那群人裡，沒人不知道賴的名號，而且，也沒人會說賴的壞話。因為賴是我們父子的顧問，大家都非常尊敬他。因此，到底會是誰殺了他，實在令人難以想像。不過，有一件事從我的記憶中浮現出來。

「我請賴送一位日本美女給我的時候，賴想了想，突然說他在橫濱時曾經與一個日本情婦生了一個小孩，這個小孩如今已長大成人，也來了台灣。就算很長一段時間沒有見面，但應該還是認得出來吧。他說，我會送你一個美女，你也要像我一樣生個小孩，時隔多年再見面，一定會非常非常開心的啊。

「那時候，我把他講的話當成開玩笑，但當賴真的送了一個美女給我，後來卻沒有再現身，讓我感覺到很奇怪。我想，那時候他已經被殺了吧。法官，如同我剛剛的供述，他的小孩人在台灣。如果可以找到這個小孩，一定可以查明賴是被誰殺害的吧。」他熱切地說。

在艋舺水池發現的屍體是賴，已經是既成事實，毫無爭議。此外，從賴的身世背景來看，他原本是個流氓，後來成了土匪的顧問。而根據艋舺的本島醫師對花野所說的話，他曾經去過廈門造訪林家，詐騙了現金一千圓。現在又根據秋鴻的供述，他待過橫濱、神戶，也做了許多壞事。

這樣的惡人遭到殺害，對警方而言也是應當高興的事。一開始，警方無法分辨屍體是日本人或本島人，也無法判斷死者是善人還是惡人，在池中、花野的努力下，經過一番拚搏仍一無所獲，但現在終於能知道他是惡人了。

其後，在尋找犯人的過程中，又發現了出人意料之外的事實。

45

在台北地方法院官舍的一角，有一張寫著「丙第二號」的小門牌，下方貼了一張五號活字的名片。在兩張紙門之間，有一個三尺高的入口，此時打開紙門進來的人，正是台北警察署的巡查池中光。

「檢察官，今天是休假日，我以爲您出門了。」

「不，我可沒辦法那麼輕鬆啊。」

「昨天法院傳喚了秋鴻，不知道情況如何？法院也請花野以證人的身分到場，是不是有發現什麼證據呢？」

「沒有發現什麼證據，眞是難辦啊。不過，關於殺害賴的犯人，倒是有令人高興的消息。秋鴻終於說明了賴的眞實身分。」

檢察官說明秋鴻在法庭上回答法官訊問的內容。

「也就是說，我們必須找到賴的小孩。這根本就像握住浮雲般一樣困難啊。不過，秋鴻似乎對事件的瞭解也不夠深。看來也沒有什麼方法找得到人。而且，就算眞的找到他的小孩，如果他也不知道犯人的事，豈不是徒勞無功？

「池中，你別再擔任這個案子的偵探了，好嗎？檢方已經提出訴訟，凶手如果是內地人，你的努力就是值得的，但如果是一名中國人，只不過做了一些非法勾當，那確實就沒有必要特地去追查凶手了。那種人啊，早點死了對警察也比較方便。一開始你被捲入案件，也非常盡力進行調查，這時候放手雖然很可惜，但也是沒辦法的事啊。

「不管怎樣，你不能永遠在忙這個案子。依我看來，這個案子愈是追查，愈會引發各種事端。一開始是水池裡的屍體，後來是一位名叫芳枝的女孩遭人綁架，現在則逮捕了秋鴻。總之，我認爲還是芳枝平安回家、秋鴻逮捕歸案後，在這裡畫下一個完美的句點比較好。你的看法如何？」

檢察官認爲，這個案件的前景茫茫，幾乎已經走進死路了，令池中相當擔憂。他的話，與法官的意見不同。

「如果證據已經湮滅，哪怕是連一絲希望都沒有了，但既然案情已經走到這一步，我也想要一路走到底。特別是這個案件目前法官尚未進行審理，可以說還在我們的掌控之中。只要我們能找出證據，交給法官，接著才是由法官接手處理。在此之前，我們進行搜查，能夠得到什麼，或是什麼都得不到，則完全基於我們的能力。

「您不必對我們進行任何假設。不過，既然秋鴻在法庭上問起賴的事情，說不定我們仍然有機會找出眞凶。請您務必幫我們這個忙。我認爲，世界上再也沒有這麼有趣、複雜的案件了。即使賴是中國人、即使賴只是個惡棍，他恐怕在中國也沒有戶籍吧。

「若說賴是個居無定所的流浪者，而吳是個罕見的土匪頭子，賴這種流氓居然能夠取得吳的信任，後來，他又能擔任陳秋菊的顧問，他們到底幹了什麼壞事，實在不得而知。秋鴻也不是個尋常人物，我想他一定暗中在進行什麼計劃。因此，只要能找出殺害賴的凶手，很可能會發現意外的重大案件。

「在我心中，描繪了相當愉快的希望與想像。第一，起初法官見證了屍體解剖，但並未滿足於法醫的檢驗，後來把檢體送到衛生試驗所進行分析，才確認屍體是被毒殺的。如果只是普通案件，在毒殺之後還將屍體投入水池，我認爲不可能沒有更深的企圖。既然凶手爲了湮滅證據，可以做到這種程度，那我們費盡心力才查出這些線索，也就不足爲奇了。

「我想，這絕不是普通的謀殺案。此外，這個案件涉及的關係甚廣，又與土匪有所牽連，無論如何，我們必須徹底解決這個案件。」

池中的語氣熱切，反對中止這個案件的調查。

「如果你能夠那麼投入，那就沒有什麼事是做不到的。這麼認眞其實也很令人困擾，不過本官說這些話，也不值得特別小題大作吧。我只是在想，既然不會輕易結束，不如早點停止得好，被謀殺的人是個壞人，讓我的感覺稍微好一些。這與謀殺案的意思完全不一樣啊。

「正如你所說的，殺害這麼一個壞人的凶手，必然是壞上一倍以上的壞人了，又或者是被那個壞人折磨，才終於萌生殺機的人。這兩者是完全不同的。我們可能會碰上意想不到的新事件。」

檢察官被池中的論理說服，與他商議了後續的行動。

46

從松永芳枝的房間裡，傳出了男女的說話聲。女聲是芳枝，男聲則是花野艷雄。

他們不知道在說什麼，只見芳枝低垂著頭。

花野繼續說著：「像妳這樣不知道該怎麼做才好，眞是困擾啊。妳是想要嫁人呢，還是希望女婿入贅，總之必須選一種啊。關於這件事，妳父親一定也有自己的想法吧。由於最近所發生的事，民政局事務官森山茂先生，現在非常希望可以娶妳。

「稍早我跟他碰了面，他又說了同樣的話，請妳就別再猶豫了，也不要因爲發生那種事好像是自己的錯而感到抱歉。他說：『請讓我和芳枝的父親談談。尤其你又是芳枝的哥哥，拜託你向他轉達我所說的話。我也希望，我的心意可以讓未來的妻子知道，請你與松永、芳枝好好談談，我等候你的回音。』

「而且，妳先前也說過，森山先生曾經請託賴來約妳見面，妳並未感到奇怪，關於這件事，我也問了森山，他說他從來沒有做過這種事，還顯得十分震驚。」

這時，芳枝開口了。

「所以，森山先生說根本沒有這件事？那……到底是怎麼一回事？」

「我也覺得奇怪，再問了他一次。但他果斷地說絕無此事，甚至還不輕易相信我的話呢。所以我想找妳一起去森山先生的家，比對一下雙方的說法。

「不過，在此之前，還有一件事得處理。其實我也跟妳父親說過了，若能依照對方的期望，我也沒有異議，麻煩的是，妳是妳父親的獨生女，他不能答應妳嫁給對方。但對方會願意入贅嗎？如果對方願意，妳父親就同意……但是，他認爲最重要的還是芳枝妳啊，妳會說什麼呢？如果沒有問過芳枝妳，他就無法做出判斷。

「我這邊也有一件事想問妳。芳枝，妳對森山的求婚有什麼打算？如同妳父親說的，不能強迫妳接受不想做的事。但是，若是毫無理由地任性拒絕，那可就麻煩了，沒有比這樣的回答更糟糕的了。芳枝，妳光是一直沉默不語，我也無法瞭解。不好就說不好、好就說好，希望妳能回答我。」

「哥哥，我不想嫁給森山先生，也不想要森山先生入贅。」她坦白地說。

花野露出了意外的神情，注視著芳枝的臉。

「妳的話是認眞的嗎？年輕的時候，大家都會這麼說。可是，如果想法一直沒變，那大家應該都全是單身了。當我還未經世事時，我覺得男人到底有什麼用，女人竭盡全力，只爲了取悅男人，這種麻煩事還眞是討厭啊，但其實並非如此。無論如何，妳也是一個女人吧。還是說，妳有其他討厭森山先生的理由嗎？」

「我說過了，我不只是不想嫁給森山先生，我什麼人都不想嫁。」

「那可不行啊。妳怎麼會說這種傻話？」

「沒什麼特別的原因，只是我不想說……」

「我是妳的親人，請告訴我吧。妳不說，我要怎麼偏袒妳的任性呢？」

「哥哥，你知道了以後又會怎麼辦？」

「怎麼辦？我想妳大概也猜得到吧。只要有一個理由就好，我就會回絕森山，或是做一些必要性的處理啊。不過，不管是拒絕也好、不拒絕也好，還是得先問妳不願意的原因啊。」

此時，芳枝終於進退維谷了。

芳枝在花野面前，對於花野的追問，卻也無法將先前告訴阿梅的話說出口。

「反正我什麼人都不想嫁。」

「我根本沒聽到任何理由啊。妳跟父親的關係真的太親密了，才會放不下對父親的感情，一直對父親有所牽掛，但妳說什麼人都不想嫁，還是太過任性了。我知道妳非常孝順，但也不能說出這種話啊。」

「哥哥，我在被土匪綁架時，心想還不如乾脆死了算了。」

「妳怎麼會這麼不講理呢？即使妳說出這種無理的話，也沒有人會理解的。先告訴我，爲什麼妳不願意嫁給森山先生？」

「爲什麼？哥哥，請別再問了，拜託你。」

「如果妳這麼不喜歡他，妳父親應該也不會強迫妳的。在我看來，這樣的商販家庭，可能也不適合政府官員。妳父親也說，不希望妳嫁出去，我想，他無論如何都希望有女婿願意入贅。不過，這並不是森山先生不好。他的職務是事務官，今後不知道能出人頭地到什麼程度，對妳來說，他絕不是一個會讓人丟臉的女婿。不過，如果妳不願意，就像我剛剛說的，也沒什麼好著急的。在某個地方，一定找得到一位溫文、正直、聰明、毫無缺點的好女婿的啊。」他不禁笑了。

芳枝也稍微展露笑容。

「與其說我的事，哥哥，你要不要把報社的工作辭了呢？你可以住在這個家……我突然有個哥哥，實在是太高興了，但哥哥卻是新聞記者，總覺得讓我有點沒面子。」

「別說傻話了，妳又不瞭解什麼是新聞媒體。」

「報紙只會寫別人的壞話啊……」

「就是因爲妳盡想這種事，我才說妳傻啊。關於新聞媒體的相關知識，我晚點再慢慢告訴妳，怎麼樣？我們一起去森山家吧。我們得去婉拒婚事，而且我也想問問賴的事情。」

「哥哥，請你一個人去吧。要拒絕他的求婚，我在場很難堪。」

「你們已經很瞭解彼此了吧？妳和森山先生不是老早以前就認識了嗎？」

芳枝被他催促，只好提醒他：「我絕對不會嫁，請你務必替我拒絕這件婚事。」

「請放心。妳不願意，誰又能強迫妳嫁。我先去把這件事情告訴妳父親，請妳準備出門吧。」花野說完便離去了。

芳枝自言自語地說：「哥哥完全不懂別人的心情啊。沒有比人生更不如預期的事情了。把呼喚的名稱換成哥哥，就註定了戀愛無法實現。啊啊，我已經無法思考了。」

她嘆了一口氣。梳妝台前，映著自己雪白的臉蛋，她梳理頭髮，也趕緊換了衣服。她穿上明石[80]磯波[81]圖樣的和服，繫了千鳥[82]綢緞腰帶，再綁一個大結、拉高深紅色的縮緬，再從鏡中確認自己背後的模樣，這正是身爲女性的愉悅。

此時，花野稍微把紙門拉開。

「芳枝，妳準備好了嗎？我跟妳父親說了，他已經同意了。那我們走吧。」

兩人一同出發，來到森山的官舍。

躺在雙層棉被上所鋪的白色毛毯，以一邊的手肘靠在氣墊枕上，與花野、芳枝兩人說話的人是森山事務官。他最近已經有一段時間無法入浴了吧，鬍鬚也從嘴角延伸到雙頰，臉色顯得蒼白。

「芳枝小姐，好久不見了，這些日子沒見到妳，妳好像成長了許多。妳聽說我的事情了吧。」

80 【明石】明石市，是兵庫縣南部、面向明石海峽的港城。

81 【磯波】［磯折波］海邊拍打岸石的波浪。

82 【千鳥】［千鳥形］以千鳥飛滿天空的圖樣設計。

「是的……」

「妳還是這麼溫柔。女人就應該這樣啊。現在有許多女性很長舌，眞讓人困擾。芳枝小姐，妳當然很清楚吧。」

「……」

芳枝沒有回答，森山心想她大概是因爲害羞吧，便轉向花野。

「婚事的情況怎麼樣呢？」

森山儘管生病了，但還是從棉被裡稍微起身詢問。

花野直接了當地說：「森山君，很抱歉打擾你，但請你放棄這次的婚事吧。」

48

森山聽見花野單刀直入地說，請放棄這次的婚事，馬上從枕頭上離開。

「什麼？芳枝小姐與我無緣了……這是……眞的嗎？」

森山看著芳枝的臉，芳枝是在逃避，或是因爲害羞，還是因爲覺得抱歉？她的側臉微紅，正撫平著兩三根散亂的髮絲。

「芳枝小姐，現在說我們無緣，也太過分了吧。妳應該沒有忘記我們先前的約定吧。花野君你也是，我拜託你要讓這樁婚事成功，我還千拜託萬拜託過你啊。結果，你居然不是單獨來回絕我，還帶了芳枝一起來回絕我。我已經徹底絕望了！」

森山仰向天花板，但他並未凝視，而是閉上眼睛，等待花野的回答。

「我眞是感到很抱歉。爲了促成這樁婚事，我也做了很多努力，但你知道，無論是哥哥也好、父親也好，也不能想怎樣就怎樣的。無論如何，最重要的還是本人的意願……不，我也希望可以成功，但身爲父親的松永……」

「花野君，芳枝小姐爲什麼人在這裡？我眞的是太沮喪了。活在這個世界上已經沒有意義了。我一直過著非常苦悶的生活。然而，只要芳枝小姐能做我的妻子，用芳枝小姐溫暖的愛情來溫暖我冰冷的心。我曾經抱著這樣的希望，但現在卻沒辦法了，我的人生已經毫無樂趣可言。」

「這實在太不像森山君講的話了。你是個優秀的官員，位居可以大顯身手的重要職位，什麼沉悶啦、不愉快啦，請不要再說諸如此類的話了。這不是能讓人放心的話。一個身居高位的男人，只因爲自己想娶的女人無法成爲他的妻子，就懦弱得如此灰心喪氣，實在是太可笑了吧。男人和女人不同，面對女人一定要有勇氣。森山君還年輕，前途一片光明，就算與芳枝無緣，以後再找一個比芳枝更好的太太不就好了。」他語氣平穩地說。

「雖然你說的很對，但你並不知道藏在我內心深處的秘密。請你稍微體會我的心情吧。」森山繼續說著，試圖博取花野的同情。

這時，花野突然向森山發問。「對了，森山先生，我有事情想問你。是關於先前到芳枝家裡來訪的賴。他帶了你的信，要求芳枝一個人去朝陽號，才發生後來的事情，踏進土匪的陷阱裡。你到底爲什麼會把信交給賴那個壞人呢？這一點我完全想不通。

「是不是因爲芳枝的父親拒絕了你的提親？也許這是其中一個原因吧。雖然只是我的想像。池中巡查也正在調查這件事。請你告訴我，你是怎麼認識賴的？」

原本悶悶不樂的森山，聽了花野的話大吃一驚，舔了舔嘴唇。

「不，我完全不認識賴那樣的人啊。而且我也完全不記得有託信給誰。我想，一定是那個叫賴的男人知道了芳枝小姐和我的事情，假借我的名義綁架了芳枝小姐吧。請替我想想，我再怎麼渴望芳枝小姐，也不可能找惡棍把她交給土匪啊！」他有氣無力地說。

池中巡查全力搜索的艋舺謀殺事件中，死者是賴。花野試圖查明，賴到底和森山事務官有何關係，而森山事務官的回答非常曖昧，花野再次感覺到自己無法掌握案情的關鍵。

49

池中巡查告訴檢察官，他誓言非找到殺人凶手不可，然而，目前沒有證據可以著手調查，令他不知如何是好。考慮到賴是遭人毒殺，若是被本島人或土匪殺害，不會用毒殺這種迂迴的手段，而是會用刀槍一類的凶器加以殘殺。既然是使用毒殺，只能視爲是日本人的手法。

如果賴眞的是被日本人殺害，究竟毒藥從何處入手，就是首先要查明的事情。台北的執業醫師無須贅述，包括藥商等人也必須徹底調查，其中一定能發現暗中買賣毒藥的人吧。然而，這也不是一件簡單的事。因此，那名艋舺的本島醫師——也就是陳——特別可疑。姑且將以證人的身分將他傳喚到法庭上，確認事實，或許可以獲得全新的事證。

首先，根據陳的證言，已經得知那名死者是賴了，若是更深入地訊問，不知道他又會說出什麼事情來。以往在訊問本島人時，他們習慣問什麼才答什麼。因此，應該嘗試訊問更多問題才對，他對自己點了點頭，將這個想法告訴大塚檢察官，才決定傳喚艋舺的本島醫師陳。

於是，陳在大西法官面前接受訊問。

「將你以證人身分傳喚到這個法庭，並非其他原因。當初艋舺水池的屍體進行解剖，你見到了屍體的外貌，對池中巡查說這個人應該是賴，那時，對於池中巡查的質問，你是這樣回答的。你在廈門林家第一次見到他，被詐騙了一千圓現金，沒有錯吧？」

「是的，正是如此。」

「你後來有沒有在本地遇見過他？還有，你怎麼會知道台北醫院有屍體解剖的事？這件事是機密，應該只有案件關係人才會知情，你不但知情，還特地跑來看解剖過程。」

「我是從一位有交情的公醫那裡聽說的，還有，我並沒有在本地遇見過他。」

「全部的證詞是否無誤？如果做了僞證，你同樣會處以刑罰。現在，你的證詞做爲參考，成爲警方調查犯罪者的線索。請你坦承以告。隱瞞眞相，對你是不會有任何好處的。」

陳原本稍有躊躇，但在檢察官的嚴厲訊問下，決心吐實。

「我說。其實，一旦坦白這件事，我想我可能會遭到判刑吧。先前巡查詢問我的時候，我並沒有告訴他。不過，現在我如果再不說，那就變成犯罪行爲了，因此我願意說出來。剛才我曾經說，在本地並沒有遇見過賴，這是謊言。欺騙庭上，真的非常抱歉。

「其實，大約在九月中旬，明確的日期已經記不清楚了，賴突然造訪我家。我一直記得賴的長相，因爲他曾經騙了我一千圓。我問他來這裡有什麼事，他說這件事不能在外頭說，於是，我帶他進了屋內，問他所爲何來，他才說希望我提供毒藥給他。我說我沒有毒藥。他說，藥房不會沒有毒藥。我回答，藥房的確不會沒有毒藥，但可不能隨便交給普通人，斷然地拒絕了他。

「沒想到，他從身上取出一把手槍，說如果不給他毒藥，我就沒命了，這樣也要拒絕嗎？不願意的話，他就會殺了我，不得已，我只好照他的話將毒藥給他。賴打算離開時，我叫住他，問他爲什麼需要毒藥，但他的眼神令人發毛，說我不應該問這種事才走掉。」

賴遭人毒殺，至於毒藥的來源，根據現在本島醫師陳的供述，已經明白這是賴恐嚇了陳才搶到手的。這麼一來，就令人不得不懷疑，賴是不是服毒自殺了。

本島醫師陳，是否眞的受到賴的威脅，而將毒藥交給了他？如果交給了他，賴又是拿這些毒藥做什麼用呢？賴自己服毒自殺的可能性應該很低。縱使陳是被威脅才給了他毒藥，顯然也會受到處罰，成爲刑事被告人。但他自身也抱著這樣的覺悟而做出上述的供詞，理應不會說出與事實不符的證言。

法庭訊問結束後，檢察官叫住池中巡查。

「依我的專業意見，我認爲陳是個怪人。或者說，他是個可疑人物。因爲他不但聲稱是受了賴的恐嚇才給了毒藥，還說賴從林家騙走了一千圓，這恐怕也是謊話，難以置信。如果有其他方法審問本島醫師陳，勢必可以獲得意外的證據。」

「既然如此，是不是應該重新訊問一次？」池中說。

「我也打算這麼做，但需要取得一些證據，讓他看見證據，他就會告訴我們眞相了。我要請你費點心力，現在馬上出發，到陳的家中搜索。」他吩咐池中後，再度開始審問陳。

正如檢察官的預期，陳的供述雖然有合理之處，仍然不能輕易相信。本島人所說的話，經常表裡不一、反覆無常，掌握不了眞正的事實，若僅是抱著與面對日本人相同的覺悟，最終是無法查明眞相的。或許，陳眞的是一個老奸巨猾的人物。一開始，他說那名死者是賴，這點已經確定了，他又說，毒藥是他提供的，那麼，他會不會做出僞證，來隱藏他毒殺賴的犯行。這樣的疑惑，源源不絕地從他的胸口湧現。

這次，檢察官以更嚴正的態度面對陳。

「你說你受賴的脅迫才給他毒藥，但你是一名醫師，只因爲受到他人脅迫而交出毒藥，這樣的行爲是極不道德。根據國家的法律，你將被處以相應的刑罰，想必你也有這樣的覺悟了吧。然而，你所做的供述，仍然有難以相信之處。難道不是你受了某個人的委託，才將毒藥交出去的嗎？這個人其實並不是賴。若考慮既定的事實，賴是不可能從你那裡拿到毒藥再自殺的。你一定是聽了某人的建議，調製毒藥後交給那人，由他將賴殺死，也可以這樣認定吧，如何？後來你知道賴的屍體被投入水池裡了，但那具屍體在艋舺被發現以後，讓你非常在意，才會特地跑到台北醫院去見習屍體解剖，對吧？」

他彷彿看透陳的內心般地斷言，接著又稍微讓語氣和緩了些。

「賴本來就是個惡棍，與其讓他活著，還不如殺了他。但是，這必須接受相應的刑罰，所以才會有警察署、法院這樣的地方啊。如果沒有到警察署報案，或者到法院提告，那表示另有內情，於是直接將他殺害，根據這樣的認定，你一定知道這項內情，才調製了毒藥。」

對於陳的指控已經愈加銳利，彷彿他就是眞凶。

陳說：「對於那樣的事情，我完全一無所知。我說過，毒藥是在賴的脅迫下調製的，請理解我絲毫沒有惡念。再說，我要怎樣才做得出那麼膽大包天的事情？」

結果，檢察官苦心追問，落得無濟於事。

「自始至終，你都做出了相同的供述，那麼，我想請你以證人的身分見一個人。我們已經取得證據了。繼續以謊言作證是沒用的。」

廷丁[83]受令，請巡查和陳家的傭人進來。不多久，池中巡查與住在陳家的一個叫做阿泰的男人到了。

池中巡查說：「依據檢察官的指揮，我開車到了陳的住處，嚴密地偵訊了這個住在陳家的男人，但他說陳從來沒有被賴威脅過。也就是說，案情或許全都與檢察官您的推測相同。那麼，是否由檢察官您來訊問呢？」

檢察官點頭，再次對陳說：「這個叫做阿泰的男人，是你的傭人嗎？」

陳看到傭人阿泰進來，露出極度驚訝的表情。「對。」

「你的傭人阿泰供稱，你受到賴的恐嚇而調製毒藥一事從未發生。」

「這件事阿泰並不知情。請想想看，人在做壞事的時候，希不希望被別人看見？我在調製毒藥時會先將傭人支開。而且，我受到賴的威脅，當時是在內廳，阿泰也不知道。無論阿泰做出什麼樣的供述，都請不要採信。」

「那麼，謹慎起見，我要訊問阿泰，請你旁聽。阿泰，你剛剛對池中巡查說，你的主人受了賴這個上海人的威脅而調製毒藥，這件事沒有發生過。可是，我剛剛問了陳，他說不是這樣。你說的話到底是不是真的？」

「九月份他們曾經談過話，但沒有發生那樣的事情。」

「陳，阿泰已經作證了，你再怎麼隱瞞也沒用，請老實說出真相吧。」檢察官又問阿泰：「九月份有沒有日本人來你家？他們說了什麼秘密？」

「我不清楚對方的身分，只是有見過這個人。」他的說詞模糊，但對檢察官來說，這是最好的一句話了。這一句話，即是重大線索。

51

83 【廷丁】法院裡處理各類庶務的事務員。

最初本島醫師陳堅稱，自己的證詞沒有任何問題，但經過再三訊問，他終於吐露實情。果然正如檢察官推測，陳是接受了民政局事務官森山茂的委託，收下一百圓現金來調製毒藥。

另一方面，陳在台北地方法院院內接受大塚檢察官訊問的同一日，住在民政局官舍的森山茂，由於近日的身體不適，已向上級遞交了缺勤通知書，在家休養。

這一天，森山不知什麼原因，儘管時值夏天，他穿上三紋[84]黑七子[85]的羽織，內襯黑七子有領縮緬的半截式襦袢，再披上薩摩上布[86]製的深藍綠麻織，下身則穿著博多帶[87]仙台平[88]的袴褲。他仔細地梳理了頭髮、清潔了面部後，坐在內室書桌前的神態，讓傭人不禁感覺有些奇怪。

同一時間，根據陳的供述，台北地方法院派了池中等數名巡查前往事務官森山茂的家。他們才正準備進門，就聽見屋內傳出轟然一聲的凌厲槍響。池中巡查率先推門，衝進房內。一陣白煙從內室的窗戶冒出，傳來煙硝的臭味。

池中無暇猶豫，進了內室，查看究竟發生了什麼事，只見到俯臥在寬大的坐墊上、咽喉處被手槍擊中的森山茂。他的鮮血流出，滲入榻榻米，他的面前有一張單腳書桌，桌上放了兩張照片。一張照片是綁了辮子、二十歲左右的中國人，另一張是松永芳枝。沒有其他像是遺書的文件。池中巡查不知道他為何自殺，為了來不及阻止他而備感扼腕。他立即申請了驗屍手續，檢察官、預審法官依慣例到場。

警方的公醫正在進行驗屍之際，池中巡查沮喪地對檢察官說：「非常遺憾。好不容易獲得這個案件的眞相，從陳的口中聽到他製作毒藥是受了森山茂的委託，我正準備著手偵查，沒想到竟會是這樣的結果，實在太遺憾了。」

池中一邊說著，一邊環顧四周。

檢察官也進行調查，見到書桌上有兩張照片，拿給池中巡查，詢問這是什麼人。

「是這樣的，照片上的女子，就是松永的女兒芳枝，前陣子曾經被土匪綁架。男子

84【三紋】指和服上背部、胸口的紋數，有無紋、一紋、三紋、五紋四種。三紋是背紋以及雙臂背後的袖紋。紋形又可分為家族象徵的「家紋」與一般人均可使用的「通紋」。

85【黑七子】染為黑色的斜子織。斜子織是由七條加強捻度的經緯編織而成，表面上看似布滿魚卵，又稱魚子織。

86【薩摩上布】產於沖繩縣宮古、八重山等地的高級麻織品。

87【博多帶】博多絲織品，使用較粗的經緯編織，布面密度較高，綁上後不易鬆脫，常用於腰帶。

88【仙台平】仙台傳統絲織物，是江戶時代至明治時代用做男性袴褲裙的高級布料。

看起來像是一名中國人，但森山爲何在這兩張照片前自殺，原因實在不得而知。」

「池中君，你知道這個中國人是誰嗎？」

「我也不知道。」

池中想找出與自殺有關的遺書，查看了書桌的抽屜、文匣等處，但什麼都沒發現。找不到遺書的話，森山爲什麼自殺，就無法知道原因了。從他盛裝打扮的模樣來看，他是在早有覺悟的情況下自殺的，他可能已經察覺警方準備將他逮捕了，並不是臨時起意才自殺的。

「檢察官，請問您有什麼看法？」

「我現在也無法判斷。池中君，森山事務官有沒有可能是賴的小孩？秋鴻在法庭上供稱，賴在台灣意外與自己的小孩重逢。只要訊問那個小孩，應該就會知道賴被殺害的原因了……不過，這原本只不過是一種想像，但我會有這樣的想法，是因爲這裡有一張中國人的照片……」

檢察官尚未說完，池中插話：「這麼一說，他們的外貌的確有點相像。賴已經死亡，沒辦法完全判斷外貌，但他的鼻子感覺與森山有些神似。正如檢察官的設想，森山事務官一定就是賴的小孩吧。啊啊，儘管如此，我們還是失去了關鍵的線索。

「預審法官，關於艋舺水池事件，已經沒有必要繼續調查了。我們多次發現線索，卻總是晚了一步，什麼都沒掌握到。」

預審法官也開口：「艋舺謀殺案正是這樣。可是，森山事務官給了本島醫師陳一百圓，要他提供毒藥，又有什麼目的呢？如同檢察官所說，若森山事務官眞是賴的孩子，而賴又是有名的惡棍，兩人應該是在共謀什麼計劃吧？很有可能是因爲這項計劃才導致了這樁謀殺案。賴已經死了，現在森山也死了，證據完全消失，眞是遺憾啊，特別是對池中巡查來說。」

他們爲森山事務官的自殺感到惋惜。

在這場對話之間，驗屍工作已經結束。警方的公醫，將屍體的狀況逐一記錄在筆記本上，警察官們則正在偵訊傭人，瞭解森山事務官平日親

台北郵便局

近的同事有哪些人，森山自殺前的言行舉止爲何。

傭人回答：「今天不知道是怎麼回事，他穿得很正式，在內室裡一直在寫信的樣子。後來他叫我過去，交給我兩封信，要我把這兩封信郵遞寄出。我去了西門街的郵筒投遞，每個信封上都各貼了四錢的郵票，差不多是四小時前的事情了。」

檢察官等人聽到這項證詞，開始思考森山寄了信給誰。

這時，從外頭傳來兩輛車的停車聲，有人匆忙進屋。

一個人是花野艷雄，另一人則是芳枝。

52

花野與芳枝匆忙進來。

「森山事務官他……」花野高聲地大叫，與池中巡查打了照面。

「森山已經用手槍自殺了。」

「啊……來晚了，芳枝，森山先生已經死了，怎麼辦？」

此時，森山的屍體被檢察官、公醫圍著，從旁運送經過。芳枝早已淚流不止。

池中疑惑：「花野君，你彷彿早就知道森山事務官自殺的事情？」

「事實上，剛剛我收到森山事務官寄來的信。根本都在台北，而且就在不到四、五丁[89]遠的地方投遞的，我覺得很奇怪，打開信封一看，才知道他說他要自殺了……」

「他爲什麼自殺，在他死後仍然不得而知。他一定是想告訴你和芳枝自殺的原因吧？」

「信件的內容很長，我還沒辦法仔細讀過，我看到他一開頭就說要自殺，大吃一驚，馬上跑去找芳枝，問她有沒有收到森山寄來的信，她說她剛好正要讀，於是我們馬上就搭車趕過來了，結果還是來不及，眞是太遺憾了。」

「是嗎？那我懂了。剛剛傭人說他寄了信，但不知道寄到哪去。現在總算全都明白了。那麼那封信就是遺書了吧，內容應該會詳細說明他自殺的原因。你有把信帶來嗎？」

池中向檢察官說明：「花野與芳枝，是森山事務官生前往來密切的親友。如檢察官所知，花野很早就在謀殺案的調查上幫了非常多忙，先前也在秋鴻的審判上以證人的身分出庭。至於芳枝，如您所知，就是被秋鴻綁架的少女。

89　【丁】日本長度單位，又稱町，為六十間的距離，即一〇九公尺。

「由於兩人都是親友，是不是都能留在現場呢？據我剛才的詢問，他們兩人都收到了由森山事務官寄出的郵件，只要讀了信，應該就能明白他自殺的原因了吧。您是否要讀信呢？」

「這當然也是本官所希望的。花野先生，請讓我讀信。」

花野從袖口找到信件，交給檢察官，並由大田書記官代爲讀信。在場的人有檢察官、預審法官、上村署長、池中巡查、花野，以及芳枝。信上究竟寫了什麼，眾人都屏住呼吸，仔細聆聽。

花野君，今天我將以手槍自殺。請不要以為我思緒混亂，喪失了平生的智慧。我在台灣有很多朋友，但關於我自殺的原委，並沒有可以傾訴的對象。花野君，我希望你可以明白我心中的痛苦。首先，我想要告訴你我的來歷。

我當然一定會死，榮光也好、名譽也好，都不再是必要之物，因此，也沒什麼需要隱瞞的事情了。我出生在橫濱，父親是來自上海的中國人，母親的家境貧窮，做了他的小妾，生下了我。我小時候對此完全一無所知，喝著媽媽懷裡的奶，與留辮子的中國人父親十分親暱。現在想想，那只是一種薄倖。

身為兒子的我，要談論父親的行徑，似乎已經偏離了人倫正道，如果有什麼說不出口的，也請憐憫我的處境。我的父親曾在上海賭博，將贏來的錢全都花在酒色之中，他原本是上海一戶綢紗批發商的長男，從小就沉溺酒色，散盡家產，最後一無所有，也無法繼續待在上海，便加入了賭徒的行列，為非作歹。

接著，他獨自前往日本，先到了橫濱。那時的橫濱，是外國及中國流氓橫行之處，我父親就是其中一人，做了許多壞事。不久，他娶了一個日本女人，那時候出生的，就是我。

後來，父親覺得橫濱沒意思，決定要去神戶。那時，父親並沒有打算要帶我和母親去，只用了一張微薄的支票，就與我們斷絕關係了。母親不能接受，但父親相應不理，還動用了暴力。母親無計可施，只好收下這張微薄的支票，答應與父親斷絕關係。

母親帶著我投靠橫濱的娘家，住在伊勢佐木町[90]裡某個窄巷的小屋裡，母

90 【伊勢佐木町】［伊勢崎町］橫濱市中區的町名，大正時代起百貨業林立，是日本屈指的知名鬧區。

親是怎麼生活的，我的年紀還小，什麼都不知道。

53

在我八歲那年，在橫濱弁天通[91]上一家絲綢批發商那裡當學徒。過了一段時間，我被東京的一位商人收養了。那位商人就是我的第二個父親森山誠兵衛。我的第一個父親是上海人，名叫賴，我的母親是中谷菊。

我的第二個父親非常疼愛我，送我上了小學。在我童稚的心中，對他的恩情十分感激，從不荒廢學業。我在初中、高中畢業後考上大學，大學畢業後立即來到台灣。這是我進入公職的第一步。

在我抵達台灣後的幾個月內，我意外地與我的第一個中國人父親賴重逢了。我曾經應邀參加了一個本島人在大稻埕舉辦的宴會，席上坐了一名中國人，正值宴席熱鬧之際，他告訴我，他以前在日本時有過一個小孩，現在應該還活著吧，剛好跟你的年紀差不多，但他很久沒有相見了，實在非常想見到他，因此一見到我才會感覺這麼懷念。後來，我們又聊了許多事，我才偶然發現，原來那個中國人就是我的父親。雖說是父親，但如前所述，我們已經斷絕關係了，如今沒想到可以再會，我仍然非常高興。我的身上，確實流著那個中國人的血。

花野君，我能與親生父親重逢，最後卻將他毒殺，是一件不得已的選擇。兒子殺死父親，原本就是違背人倫、罪大惡極之事。然而，我卻不得不這麼做。我含淚殺了父親，將屍體投入龍山寺的水池裡，偽裝對這件謀殺案毫不知情。那時，我以為我會追隨父親，與他同歸於盡，但我現在身居事務官的職位，前程似錦。現在還不是死的時候。

91 【弁天通】〔辨天通〕橫濱市中區的町名，自橫濱港開港以來即為橫濱市的商業中心地。

大稻埕市街

我心想，等到合適的時機再死也不遲。

讓我決定自殺的原因之一，花野君啊，其實就是松永芳枝小姐。我不是一個為情所困的人，但我真心想娶芳枝小姐為妻。這是我殺死父親以前就有的心願。自從我殺死父親，這個世間已經變得極為乏味，我只想獲得芳枝小姐溫暖的愛，撫慰我胸中的鬱悶。然而，芳枝小姐拒絕了我的希望，我終於成了一個絕望的人。我已經殺了父親，心中充滿不安，現在連最後的一絲希望，也被芳枝小姐拒絕了，我有多麼的沮喪、失落啊。花野君啊，請你務必理解這一點。

花野君啊，我為什麼要殺了父親賴呢？自從在大稻埕重逢之後，父親就經常到我的宿舍來。母親曾告訴我，他是一名惡棍，但

鴉片工廠

當時我看不出來他是這樣的人。他問我，如果有什麼合適的工作，請介紹給他，他曾經待在日本很長一段時間，精通日本話，可以擔任口譯工作，於是，我安排他在民政局鴉片製藥所[92]當口譯。

但我萬萬沒想到，父親這時摘下了他的假面，利用民政局口譯的身分，做了許多壞事。其中包括走私鴉片，將總督府的情報洩漏給土匪等等。他做了那麼多可惡至極的壞事，仍不罷休，最後還把自己幹過的壞事，直截了當地告訴我。

某一天，他對我說，他計劃搶劫製藥所儲藏室裡的鴉片煙膏。具體作法是與十幾名土匪串謀，給他們備份鑰匙，進儲藏室裡運出煙膏，殺害守衛，再將運出的煙膏搬往北門。而且，他說他馬上就要執行這個計劃。我聽了，實在是無比震驚！無論我怎樣阻止父親，他都充耳不聞。

此外，在那場我們初次見面的宴席上，趁著酒興，我曾經跟他說過芳枝小姐的事，結果他卻告訴我，他已經把她送給土匪首領秋鴻了。他甚至非常自鳴

92 【鴉片製藥所】「阿片製藥所」製藥所於明治二十九年（1896）八月成立，地點在小南門附近，負責製造鴉片。

得意地告訴我，那封決鬥信其實是他偽造的，為的就是欺騙我，讓我向芳枝詢問這件事，那麼，他才能利用我的名義，把芳枝誘出家來。我再次感到無比震驚。

就在那一刻，我決定殺了父親。

花野君啊，請憐憫我哀傷至極的心。

54

當我知道親生父親賴正在計劃實行這件壞事，我應該捨棄私人情感，立刻通報警方才對，他已經觸犯了國家禁令，做了許多壞事，我卻顧及父子之情，無法親手將父親帶到警察署，此外，如果父親因罪判刑，跟我之間的關係也會跟著曝光。反之，如果在沒有人知道的情況下，親手將父親殺死，無論是對政府來說，或是對我個人來說，都會是最恰當的處置。縱使我們是父子，但我殺了一個惡棍，應該也不會遭到天譴吧。我的心思已定，終於演出那一場淒慘的悲劇。

於是，我再次確認了父親的罪行。他與土匪陳秋菊、陳秋鴻密通，刺探總督府的機密情報，又串謀宜蘭的吳，共同籌備盜竊行動。此外，他也走私鴉片、槍械彈藥，明確觸犯了國家禁令。接下來他又告訴我，準備要進製藥所竊取煙膏。這實在是令我極為憤怒，我一刻都無法再等待了。我思考了許多殺人手法，最後去找平日頗有交情的本島醫師陳，委託他調製毒藥。我給了他一百圓，並請他保密。

陳問過我，使用毒藥的目的是什麼？我向他坦白實情。陳在廈門時也曾被賴詐騙過，可以瞭解我的心情，直接答應替我調製。我之所以找本島醫師，是因為我知道日本醫師很可能會拒絕，讓我無法達成目的。

接著，我邀請父親到家裡來，晚餐時將毒藥混入酒內，請他飲用，他作夢都沒想到有毒，愉快地把酒喝乾，最後吐血身亡。雖然這是因果報應的天譴，但喪命在孩子的手中，沒有比這樣的死法更加悲慘的了。花野君，當時我淚流不止。然後我趁無人察覺之際，將父親的屍體丟入艋舺的水池裡，我本以為不會有人知道，結果屍體卻意外地被發現了。當我知道屍體將進行解剖，我的心中異常不安，將這件事告訴了陳，陳才去了台北醫院。

現在，我身為森山家的養子，站在森山家繼承人的立場，如今我卻殺了父親，已不該再讓這個姓氏蒙羞。我無法帶給芳枝小姐幸福的日子，只能相信自己是為了國家而殺了一個壞人，但那個壞人竟是我的父親，上天會原諒我嗎？此時此刻，我身陷苦境之中，若這也是天意，也就不必深深哀嘆了吧。這也是所謂的「寧可含笑而死，也不願含恨而活」啊。對於第二位父親，我完全沒有回報養育之恩而先死，是我的不孝之罪。

我在芳枝小姐的信中，附上了寫給第二位父親森山的信。若芳枝小姐願意替我轉交，我在死後也甚感榮幸。花野君，我懇求你原諒。

明治三十年十月十二日　森山茂

花野艷雄君

我的手匣有一本中立銀行的存摺，金額大約有五百圓，請用來替我處理我的後事、我的父親的葬禮，以及製作石碑的費用。所剩金額，再匯送東京的森山家。

信中一字一句，令人不禁掉淚。在場者聽到森山的遺言，無不意外。

花野擦拭了眼角，而芳枝已經昏厥不起，就發生在這轉瞬之間。

艋舺謀殺事件，就此落幕。

《艋舺謀殺事件》譯後記

〈艋舺謀殺事件〉是台灣犯罪小說史上已知最早的第一部小說。它發表於《臺灣新報》，自明治三十一年（1898）一月七日開始連載，同年四月二日止，共五十四回。全篇以明治時代的日文撰寫，連載結束後並未集結成書，長年以來，本作掩沒於史料中，除了日治時代台灣文學的專家學者之外，知道它的人不多，讀過的人就更少了。

十多年前，在台大台文所研究日治時代台灣漢文犯罪小說的路那，贈送了畢業論文給我，細讀之下，才得知本作的存在。然而，當時的我仍然沒有真正意識到本作的價值，只覺得那是一件古代文獻，受到政治、歷史、語言等因素的影響，它與現代台灣犯罪小說並無淵源，也沒有承續關係。

到了前年，我忙於籌組台灣犯罪作家聯會，犯聯有一個重要任務，就是梳理台灣犯罪小說的發展脈絡。我在ＣＣＣ創作集的官網上讀到路那的專欄，她介紹了

〈艋舺謀殺事件〉的故事背景及梗概，這回令我興致盎然，也終於能以嶄新的眼光看待本作了。

犯聯成立後，我無法抑制對本作的好奇，也考慮著手翻譯。當時，我已經有過幾次戰前短篇小說的翻譯經驗，自認或許不算新手吧。力航是台灣日治時代醫療史的專家，我求教於他，他便教我怎樣使用國家圖書館找日治時代的舊報紙，讓我終於取得了本作的報刊資料。

眞正親眼見到本作原文的那一刻，我的內心充滿震撼——原來，這就是台灣犯罪小說的起點啊！另一方面，十九世紀末的日文，在明治維新後「言文一致運動」的影響下，正值文語體、口語體混合的轉換期，與戰前相比，卻是全然地陌生的文類，而字跡斑駁模糊、不易辨識的行文，更提高了判讀的障礙。所幸，妻子的解譯提供了周到的支援，沒有她，這本書是絕不可能完成的。儘管如此，限於個人所學，譯文恐怕仍有許多改進空間，尚祈各方指教。

台灣百餘年前的社會環境，與今日差異頗大。力航對史普書籍的觀點，總是既精準又充滿創意，關於全書的構成，他不但費心審定註釋，揀選照片、圖像資料，還特別找出了啟發本作的新聞記事，使其時代背景的呈現更鮮明、更完整。此外，犯聯的雅玲、八千子、楓雨也提供了各領域的專業建議，凌宗魁先生協助圖照審定，而我的妻子與她服務於法院的前同事布施小姐等前輩、書法家畑田先生，也協助了資料判讀，在此由衷致上謝意。

認識前衛的副社長君亭先生，也是力航引薦的。一部百餘年前的古典大眾小說，該如何賦予全新的風貌，成爲符合現代品味的大眾讀物，是力航與我反覆思考、討論的課題，君亭先生給了我們許多自由發揮的成書空間，他的支持，是本作得以出版的關鍵。而島田莊司先生、黃美娥教授，以及好友敍銘，願意爲這部作品撰文，也令我深感榮幸。

將近一年的時間，在譯文終於完稿的此刻，我感覺彷彿遊歷了日治時代的艋舺街巷，對創作也有了不同以往的理解。這部台灣犯罪文學的破曉作，縱使與過去的創作毫無承續關係，但在它面世後，必然會對未來的創作產生「類型文學在地化」的重大影響。

那將是歷史與現代的交會，我是如此深信。

解說
二十年的等待

黃美娥

【本文可能揭露故事部分情節，影響閱讀樂趣，敬請讀者斟酌。】

日治時代是台灣小說史的重要發展階段，過往學界焦點多集中於二〇、三〇年代。前者攸關台灣新文學運動的興起，或關注「台灣新文學之父」賴和反封建、反殖民的白話啟蒙名篇；或留意〈神秘的自制島〉、〈台娘悲史〉等短篇寓言書寫；或發現署名「鷗」於一九二二年所撰〈可怕的沉默〉，因為寫作時間早於前述，故被視為揭開新文學史上小說第一頁。後者標誌著台人日文小說成熟時期的來臨，楊逵、張文環、呂赫若、龍瑛宗等人作品取得前進日本文壇的機會，並透過〈送報伕〉、〈父親的顏面〉、〈牛車〉、〈植有木瓜樹的小鎮〉而為人所知，其後在四〇年代繼續大放異彩，目前對於前述作家個案研究業已累積可觀成果。不過，若是回顧日治時期報刊，將會明白台灣小說創作進程實際存有更爲複雜、曲折的面向。

二〇〇三年，我在參加政大中文系舉辦的一場學術研討會中，爲了探討台北本土小說名家李逸濤寫於二十世紀初期文言通俗小說的女性形象，連帶介紹了日治初期報紙開始刊載日人漢文與日文小說概況，這是國內的初次披露，之後我又撰文闡述日人漢文小說對於台灣文言小說習作的意義。至於日人日文小說部分，當時一般所知乃活躍於日治中後期的西川滿、濱田隼雄等人之作，唯若透過發行最早的《臺灣新報》來看，可知出刊三個月後（一八九六年十月）便有黑江蛟聚焦鄭成功事蹟的〈東寧王〉，稍後又有一二庵主等人作品刊載，亦即日本統治初期日人早已在台寫作。不過初始小說仍未在新聞紙中獲致經常刊登的機會，能眞正擁有較固定連載機會的關鍵作品是さんぽん執筆，起於明治三十一年（一八九八）一月七日至四月二日止的〈艋舺謀殺事件〉，足見此文地位特殊。

有關這篇小說，作者自陳係以台北艋舺一水池內發現浮屍的社會殺人案件新聞爲靈感，且有感於犯罪凶手遲遲未能尋獲，遂以偵探小說形式嘗試找出加害者，而這也顯示當時小說創作有取材社會新聞的現象。那麼，究竟在小說筆下的命案情節怎樣演變？此篇爲何甫一出手便可得到長期刊登機會？從作品開門見山即鎖定龍山寺樹下兩名男子，作爲訴說命案故事的起點，繼而陸續敘及台灣寺廟、茶店、中華料理等，可謂善於就地取材。而文中爲了生動描摹台灣人說話樣貌，亦夾有台灣方言，同時還關切本島人習性，或指出台灣小孩長大後會變成抽鴉片的懶漢，或認爲本島人經常表裡不一、反覆無常，因而無法由其人口中掌握眞正的事實，故不利於案情打聽和是非判斷。如此地側寫地景，又談人情，並附聲音，以及強調日、台文化差異，進行比較評價，顯然是以帝國之眼標榜台灣趣味，藉此吸引日文讀者。另一方面，文中也極力刻畫日本風情，如小說中重要人物的穿著打扮莫不描摹細微，逐一述說從頭到腳的服飾、穿搭品項，予人強烈印象。於是，日、台之間的跨文化、跨地域和跨語際交錯情景，便透過〈艋舺謀殺事件〉小說作爲媒介鮮明再現。

而在作者精心規劃下，故事高潮迭起，犯罪一樁接續一樁，捲入其中有中國男子賴阿蒙毒殺案、日本女子松永芳枝綁架案，以及總督府眼中釘北部土匪首領陳秋菊之子陳秋鴻誘捕案；另，尚有賴氏企圖訛騙板橋林家鉅款，詐稱要向在香港外國人購買槍彈、火藥用以對付日本軍隊等，這反映出日人對被殖民者大家族是否會向日本政府效忠的高度關心。由於通篇情節安排緊湊，毫無冷場，因此作者自信滿滿公開宣稱「世界上再也沒有這麼有趣、複雜的案件了」。最後，賴阿蒙死因眞相大白，凶手爲其親生兒子，但已成日人養子，基於對父親各種惡行的恥辱感，以及爲了國家必須殺掉壞人的孝、忠價值衝突，在德行矛盾的痛苦撕裂下，選擇毒殺至親而後自戕。大抵，這篇以台灣艋舺水池浮屍慘案發想的犯罪小說，雖有在地人物與景觀，其實整部小說基調是以日本文化價值觀點爲主導。

而除了上述旨趣之外，倘從台灣小說史的學術研究著眼，因爲日本領台之初，台人對於小說文類、敘事猶在摸索之際，便不能小覷此篇連載甚久新聞小說的可能刺激與影響；更何況，〈艋舺謀殺事件〉還是現今所知當時台灣報刊中最早出現的偵探推理創作。作者於文章開頭便將此篇定位爲「偵探小說」，文中對於台人尙屬陌生的「偵探」形象及其辦案技術亦有敘述，花野艷雄、池中光二人便扮演此一角色進行命案追蹤，犯罪謎團亦輪流出現，如此自是犯罪類型小說或偵探敘事寫作實踐的率先示範。只是，該如何從小說史、偵探或犯罪小說類型史，去評估此文價值？乃至於重估早期日人創作的啟發性或開端性作用？遑論這類以台灣在地空間、人物爲故事場景、角色的作品，是否也該將之納入台灣小說史的一環？前述問題，在在凸顯此作實在耐人玩味。

另外，小說在第四十八回因爲要刊登其他更重要新聞紀錄而停刊四日，到了第五天才因版面尚有篇幅故重啟連載；又，最末單元則提到殺人犯已經死亡，則其餘人物結局不再交代，因爲如此勢必需要更多連載回數。換言之，日治初期台灣的小說登場，與現代報刊媒體提供版面篇幅空間多寡息息相關；但就屬性而言，起先仍不敵其他更爲重要性質的文章，一切要到後續與小說創作有關的欄目被制訂之後，才會達到眞正穩定的發表狀態，是故報刊媒體與小說創作之間的制約或共生關係，值得更多考掘。

綜上，回顧さんぽん於一八九八年撰寫的〈艋舺謀殺事件〉，不僅內容能反映殖民初期日人看待台人的視角、位階與統治心理，其實對於台灣小說史研究，也提供許多可加反思之處，更何況以第一篇出現在台灣報刊偵探、犯罪小說之姿，就足夠讓國內偵探、犯罪小說迷倍覺興奮。不過，儘管二十年前我已指出此篇小說的存在，同時也強調日治初期還有若干日文小說作家、作品值得探討，但在筆者揭露訊息之後，記憶所及除了呂淳鈺曾經撰文探析，個人未見其他。究其原因，殆與發表年代久遠，日文寫作與今日語法有所差異，間又有報紙油墨渲染，文字模糊難辨，諸多原因造成判讀費力，導致作品迄今仍束之高閣。未料二十年後，身爲台灣重要犯罪小說名家的既晴先生，竟願意投入大量精神，針對〈艋舺謀殺事件〉進行文字辨識、翻譯，並輔以艱難字詞之註釋說明，在作品流暢、連貫敘事美學要求下，又刪改、修訂若干原文錯誤和累贅處，再將小說脫漏的第三十三回進行補寫，最終完成可供大眾方便閱讀、理解的最新譯作，著實不易。個人得知這本嶄新的譯作小說即將出版問世，不禁欣喜雀躍，想起二十年前學術往事，因此重燃希望。期盼既晴先生的重要貢獻，能夠召喚更多有心人齊力參與譯介工作，使黑江蛟、館森鴻、美禪房主人等更多日治初期日人日文小說得以爲人所知，並帶動相關研究，進而促成更完整台灣小說史輪廓的浮現。

（本文作者爲台灣大學台灣文學研究所教授）

附錄一：作品連載及修訂概要

早年報紙的印刷發行限於鉛字排版的工作流程，多少會出現誤植，而連載時間較長，也會發生人名、地名前後不一的疏失，時有錯誤校正的聲明。

報刊的頁數、空間有限，為了盡可能描述更多故事情節，敘述很少分段，標點符號或代名詞也大幅省略。在故事正文的前後，作者偶爾也會跳出來「表演」，猶如說書人一般，刺激讀者的興趣。

歷經了一百多年的歲月，報刊原件不免發生折舊、破損的情況，又經過膠捲、數位複製，已無法百分之百正確辨識、復原所有的字體。再者，報刊是一種史料，然而，史料翻譯後，並不等於譯作。連載與單行本，也不應視為概念相同的創作。

因此，站在創作者的立場上，針對缺佚之處，必須盡可能依據故事情節推敲文意，連載時的前情提要、作者聲明，我認為在單行本中都需要刪減、重整，以勾勒更流暢的敘事線，呈現更連貫的閱讀感。

普遍而言，連載作品集結成書，作者處理前述狀況都會進行修訂，確保作品內容的正確性、邏輯的一致性。這是本作首度集結成冊，雖然再經過現代中文的翻譯，亦遵循相同的原則。爲利於現代閱讀習慣，也重新調整了分段及標點符號。全書用字，除了報刊名稱《臺灣新報》與《臺灣日日新報》保留「臺」字，其餘均使用「台」。

儘管如此，讓讀者瞭解本作的原貌，我想仍然有其必要性，在此謹將原作的連載概況、翻譯的相關修訂記述如後。

【各回修訂記述可能揭露故事部分情節，影響閱讀樂趣，敬請讀者斟酌。】

明治31年（1898）1月7日（金）　三百九十五號　第四版　《一》

既晴——「池中」一度誤植爲「池田」，譯文統一作「池中」。

花野任職報社的名稱前後並不一致，有「台北新報」、「台北新聞」

兩種，爲避免讀者混亂，譯文統一作「台北新報」。

明治31年（1898）1月8日（土）　三百九十六號　第四版　《二》

明治31年（1898）1月9日（日）　三百九十七號　第三版　《三》

既晴——書記官的姓氏前後並不一致，有「田中」、「大田」、「太田」三種，儘管可能是同一職稱的不同人物，但我認爲誤植的機率相當高，爲避免讀者混亂，譯文統一作「大田」。

修一句「正如孩子說的那樣，屍體是被水流帶到這裡來的」，改作「屍體是被水流帶到這裡來的」，因爲此時池中與花野尚未詢問孩子屍體的狀況。

刪末句「是勒殺？槍殺？刀殺？」集結成書後，此句似顯多餘。

明治31年（1898）1月10日（月）　三百九十八號　第三版　《四》

既晴——刊頭日期誤植爲火曜日（週二）。

明治31年（1898）1月13日（木）　三百九十九號　第四版　《五》

明治31年（1898）1月14日（金）　四百號　第四版　《六》

明治31年（1898）1月15日（土）　四百一號　第四版　《七》

三本——刊末聲明：「稍作補充。這是本連載第七回，看似已經出現了案情線索，但因爲故事的發展，不到第三十回，池中偵探是拿不到最關鍵的線索的，請務必耐心閱讀。」

既晴——兩名本島人爭吵時，其中一人要討「四圓」，後來記爲「五圓」，不知是作者有意表現其人物性格或誤植。爲避免讀者混亂，譯文統一作「四圓」。

明治31年（1898）1月16日（日）　四百二號　第四版　《八》

三本——刊末聲明：「此處數次出現了與正文無關的文字，多少有藉由這篇小說暗喻的意圖。敬請讀者見諒。」

既晴——刪末句「時鐘的大針停在三點的位置」。與前句「十一點」似有語意衝突，推測大針指的是長針，亦即時針，故譯作「十一點十五分」。

明治31年（1898）1月18日（火）　四百三號　第四版　《九》

明治31年（1898）1月19日（水）　四百四號　第四版　《十》

既晴—料理屋名稱前後並不一致，有「青京館」、「青原館」兩種，可能是誤植，爲避免讀者混亂，譯文統一作「青京館」。

明治31年（1898）1月20日（木）　四百五號　第四版　《十一》

既晴—刪首句「讀者在上回對話中，應該能判斷青京館的兩人就是花野與池中吧。」第十回末段的青京館對話，作者刻意隱去兩人身分，製造連載懸疑氣氛，集結成書後，我認爲此設計已無預期效果，故於第十回即予以揭露。

明治31年（1898）1月21日（金）　四百六號　第四版　《十二》

既晴—談話中，花野突然說：「喂，痛痛痛，你幹嘛捏我的腳，我又不是女的。」與先後對話毫無關係，不知是作者想表現池中不滿花野的說話態度或另有他意，爲避免讀者混亂，故刪去。

「森山」一度誤植爲「森澤」，譯文統一作「森山」。

明治31年（1898）1月22日（土）　四百七號　第四版　《十三》

三本—刊末聲明：「水池的屍體究竟是謀殺還是病死，謎團一直無法破解，但根據衛生所的化驗結果，終於證實是毒殺。接下來，池中將如何大顯身手？花野將如何與池中合作？滑稽的角野有何動向？剛直的黑山公醫呢？艋舺的本島醫師呢？上一回出現的決鬥信，起因爲何？匿名人士又是誰？接下來，謀殺事件的重頭戲終於正式展開了。讀者，請睜大眼睛繼續欣賞。」

明治31年（1898）1月23日（日）　四百八號　第四版　《十四》

既晴——刪末句「那麼，他們在那裡能找到什麼線索呢？」集結成書後，此句似顯多餘。

明治31年（1898）1月26日（水）　四百十號　第四版　《十五》

既晴——刪末句「對於池中和花野的訊問，本島人最後會說什麼呢？池中又能從本島人的口供中得到什麼證據呢？」集結成書後，此句似顯多餘。

明治31年（1898）1月27日（木）　四百十一號　第四版　《十六》

既晴——刪首句「本島人終於說了。池中一邊聽著，多次挑眉，感覺有些失望，雙眼間擠出層層皺紋。眞意外、眞意外，關於本島人的故事，請讀者繼續往下讀。」集結成書後，我認為調整為此回直接以本島人的故事開場較合適，故刪去。

明治31年（1898）1月28日（金）　四百十二號　第四版　《十七》

明治31年（1898）1月29日（土）　四百十三號　第四版　《十八》

三本──刊末聲明：「每回有許多排版問題，假名的注音錯誤很多，尤其方言的片假名發音很混亂，詞彙的表達也有怪異之處。第十六回，本島人對池中的說話內容，九月十五日誤植為九月十二日。上一回，假錢誤植為借錢，修改過後就沒錯了。今後會特別注意，敬請諸位讀者見諒。」

既晴──作者原註：「此回開始，本島人的台灣話不另附原語。」惟第十九回作者仍有附上原語，其後則無。

刪末句「申請書上究竟寫了什麼？藝妓或妓女臨檢申請？竊盜報案？遺失報案？拾金報案？簷下空間借用申請？人力車夫牌照？獵槍執照？請讀者猜猜看。」集結成書後，我認為敘事表現方式古老，故刪去。

作者的刊末聲明，雖提及「九月十五日誤植爲九月十二日」，但根據故事發展，這段情節應發生於九月十五日的前一天，故譯文改作「九月十四日」。

明治31年（1898）1月30日（日）　四百十四號　第四版　《十九》

既晴——原作中，本島人陳醫師自述開始經營藥房的時間是光緒十五年（1889），又說距離日軍進入台北還有兩年。但日軍是光緒二十一年（1895）進入台北，並非僅差兩年，雖然順著故事情節，也能解釋爲是陳記錯了，惟爲避免讀者混亂，譯文改作「光緒十九年」（1893）。

明治31年（1898）2月1日（火）　四百十五號　第四版

三本——作者聲明：「小說《艋舺謀殺事件》因作者感冒不適而休筆，本日暫停連載。」

明治31年（1898）2月2日（水）　四百十六號　第四版　《二十》

明治31年（1898）2月4日（金）　四百十八號　第四版　《二十一》

明治31年（1898）2月5日（土）　四百十九號　第四版　《二十二》

明治31年（1898）2月6日（日）　四百二十號　第四版　《二十三》

既晴——刪首句「另一方面，台北警察署長桌上的申請書，究竟是什麼？先前請讀者自行判斷，現在答案可以揭曉了。」集結成書後，我認為敘事表現方式古老，故刪去。

明治31年（1898）2月8日（火）　四百二十一號　第四版　《二十四》

既晴——刪末句「這究竟是什麼字呢？」集結成書後，此句似顯多餘。

明治31年（1898）2月9日（水）　四百二十二號　第四版　《二十五》

明治31年（1898）2月13日（日）　四百二十五號　第四版　《二十六》

既晴——刪首句「池中怎麼會掉了這張照片呢？」集結出書後，此句似顯多餘。

明治31年（1898）2月16日（水）　四百二十七號　第四版　《二十七》

既晴——刪末句「那麼，芳枝的哥哥究竟是誰？答案已經在讀者的眼前了吧。」集結成書後，此句似顯多餘。

明治31年（1898）2月17日（木）　四百二十八號　第四版　《二十八》

既晴——回數誤植為《二十七》。

明治31年（1898）2月19日（土）　四百三十號　第四版　《二十九》

明治31年（1898）2月20日（日）　四百三十一號　第四版　《三十》

既晴──回數誤植爲《二十九》。

明治31年（1898）2月22日（火）　四百三十二號　第四版　《三十一》

既晴──修一句「爲了你的妹妹，爲了我未來的妻子」，改作「爲了我未來的妻子」，此處對話邏輯錯誤，因爲此時花野才剛得知芳枝是自己的妹妹，尚未將此事告訴森山。

明治31年（1898）2月23日（水）　四百三十三號　第四版　《三十二》

明治31年（1898）2月24日（金）　四百三十四號　第四版

三本──作者聲明：「今日報紙因記事過多，小説篇幅不足，刊載順延。」

明治31年（1898）2月25日（金）　四百三十五號　《三十三》

既晴──當日的報刊膠捲（ゆまに書房《台湾日日新報附台湾新報》全二〇八卷，2016）已經遺佚，此回是由我參酌情節脈絡補完的創作。

明治31年（1898）2月26日（土）　四百三十六號　第四版　《三十四》

明治31年（1898）2月27日（日）　四百三十七號　第四版　《三十五》

明治31年（1898）3月1日（火）　四百三十八號　第四版　《三十六》

明治31年（1898）3月2日（水）　四百三十九號　第四版　《三十七》

明治31年（1898）3月3日（木）　四百四十號　第四版　《三十八》

三本──刊末聲明：「上回『僞裝本島人的黑仲警部』，應訂正爲『本島人與黑仲警部』。」

明治31年（1898）3月4日（金）　四百四十一號　第四版　《三十九》

既晴──芳枝曾經當過藝妓，尚未學成，而稱半玉，作者也另用「舞妓」、「舞奴」等詞，此因半玉以學習舞藝爲主。爲避免讀者混亂，譯文統一作「藝妓」。

明治31年（1898）3月5日（土）　四百四十二號　第四版　《四十》

既晴──刪一句「讀者們，從剛剛芳枝的説明裡，各位已經知道事實了吧。」集結成書後，我認爲敘事表現方式古老，故刪去。

明治31年（1898）3月6日（日）　四百四十四號　第四版　《四十一》

明治31年（1898）3月9日（水）　四百四十五號　第四版《四十二》

明治31年（1898）3月10日（木）　四百四十六號　第四版《四十三》

明治31年（1898）3月11日（金）　四百四十七號　第四版《四十四》

既晴——刪末句「請看大西法官在家裡與池中會有什麼樣的議論吧。」集結成書後，我認爲敘事表現方式古老，故刪去。此外，根據第四十五回的情節，與池中對話的人也不是大西法官，而是大塚檢察官。

明治31年（1898）3月13日（日）　四百四十九號　第四版《四十五》

既晴——在部分段落裡，作者使用了「著重號」來強調其行文，但「著重號」現在已經很少使用，與編輯討論後決定不附於譯文上，僅在此處紀錄。

明治31年（1898）3月15日（火）　四百五十號　第四版《四十六》

明治31年（1898）3月16日（水）　四百五十一號　第四版《四十七》

既晴——此回作品標題處無「倒扇閲」。

明治31年（1898）3月19日（土）　四百五十四號　第五版《四十八》

三本——作者聲明：「讀者所熟悉的《艋舺謀殺事件》，因刊登收賄事件的速記紀錄而休刊兩三日，並非中止連載。」

明治31年（1898）3月23日（水）　四百五十七號　第四版　《四十八》

三本―刊前聲明：「由於版面尚有篇幅，暫時休刊的小說今天起繼續連載。故事接近完結，敬請繼續閱讀。」

既晴―此回作品標題處無「倒扇閱」。

明治31年（1898）3月24日（木）　四百五十八號　第四版　《四十九》

既晴―此回檢察官的姓氏爲大西，但先前大西的職稱爲法官，而檢察官的姓氏爲大塚，我認爲誤植的機率相當高，爲避免讀者混亂，譯文統一作「大塚」。

明治31年（1898）3月29日（火）　四百六十二號　第四版　《五十》

三本―刊末聲明：「近期連載經常中斷，從今天起，故事將連日刊登。」

明治31年（1898）3月30日（水）　四百六十三號　第四版　《五十一》

既晴―原標題回數爲《完之上》。

刪首句「傭人說：『我不清楚對方的身分，只是有見過這個人。』這一句話，即是重大線索。」因與第五十回的末句幾乎相同，故僅保留第五十回的敘述。

明治31年（1898）3月31日（木）　四百六十四號　第四版　《五十二》

既晴—原標題回數爲《完之中》。

明治31年（1898）4月1日（金）　四百六十五號　第四版　《五十三》

既晴—原標題回數爲《完之中》（接續上期信件）。

在部分段落裡，作者使用了「著重號」來強調其行文，但「著重號」現在已經很少使用，與編輯討論後決定不附於譯文上，僅在此處紀錄。

明治31年（1898）4月2日（土）　四百六十六號　第四版　《五十四》

既晴—原標題回數爲《完之下》（接續上期信件）。

在部分段落裡，作者使用了「著重號」來強調其行文，但「著重號」現在已經很少使用，與編輯討論後決定不附於譯文上，僅在此處紀錄。刪末句「除了森山事務官之外，關於其他人的事，在這個故事的尾聲就不再繼續寫下去了。」

先前解剖屍體、判定並非毒殺的黑山公醫，他後來怎麼樣了？滑稽的《高砂朝報》角野如，他後來怎麼樣了？替池中巡查帶路的兩名艋舺轎夫，從賴那裡拿到銀幣，他們後來怎麼樣了？被花野設計誘出、現在被關在監獄裡的陳秋鴻，他後來怎麼樣了？

艋舺的本島醫師陳、花野、芳枝等人，所有的登場人物，若都得寫出他們後來的結局，就會需要更多的連載回數，因此，寫到艋舺謀殺事件的眞凶森山自殺之處，就此擱筆。」集結成書後，我認爲敘事表現方式古老，故刪去。

附錄二：作者生平考察

《艋舺謀殺事件》在連載當時，依據作品標題所示，是由さんぽん（三本）創作，再經倒扇審閱。調查過《臺灣新報》及《臺灣日日新報》以後，得知さんぽん尚有刑案實錄《苗栗工友命案》（苗栗の小使殺し），倒扇則有隨筆〈漫步記〉、俳句〈落花十詠〉等作。

《苗栗工友命案》的連載，始於明治三十一年（1898）《臺灣日日新報》十月二十日，至同年十二月二十八日，共四十四回。此作並非小說創作，而是基於同年二月在苗栗辨務署發生的眞實事件所做的刑案偵查、審判紀錄。

連載期間，作品僅有標題，並特別無註明是さんぽん的作品，也沒有倒扇審閱，僅在第一回的內文以及最終回的文末註明了「さんぽん記」。

而在明治三十三年（1900）一月二十八日，さんぽん在《臺灣日日新報》發表了僅占一版的短篇小說〈老車夫〉——這是黃美娥教授提供給我的資料，謹此致上謝意。其後，尚未查得さんぽん發表的其他作品。

倒扇在〈漫步記〉裡，提到他與「詩人來城、畫伯一堂、測量大人」四人，帶著飯糰、清酒一同到古亭庄、景尾街等地閒遊，賞新店溪、碧潭之事。從這篇隨筆中，或許可以一窺倒扇的交遊狀況。

「來城」應是漢詩作家宮崎來城。他在日俄戰爭期間曾當過戰地記者，後於明治二十八年（1895）隨日本軍隊進駐台灣同行來台，並在新竹支廳擔任總督府雇員，負責漢詩翻譯工作。

「一堂」應是畫家鹽川一堂，出身京都，名文鵬，號一堂，父親是知名畫家鹽川文麟。他於明治二十八年渡台前，曾在上海長居，學習中國南畫。

「測量大人」不知何人。明治三十一年總督府成立「臨時臺灣土地調查局」，進行大規模的土地調查，測量台灣全島平地，製作地籍資料，費時六年，最終完成了比例尺兩萬分之一的《臺灣堡圖》。調查局首任局長由民政長官後藤新平兼任，後由中村是公繼任。測量大人可能是調查局裡的事務官或技師。

除此之外，目前似乎無法再找到更多資料了。

我在《艋舺謀殺事件》翻譯前所做的這番考察，一方面是想瞭解十九世紀末期，在台日本人如何能創作出長篇犯罪小說的緣由——福爾摩斯探案《血字的研究》（*A Study in Scarlet*）發表於一八八七年，本作僅晚十一年，也早於江戶川亂步的出道作〈兩分銅幣〉（1923）許多。以時間軸來看，當時台灣犯罪小說是具備與日本競爭的客觀條件的。

另一方面，則是爲了釐清作品的著作權歸屬。台灣著作權法規定，作者逝世後屆滿五十年，作品即屬於公有領域（Public Domain，或稱公眾領域），不受版權保護。若作者使用別名或不具名，年限爲作品發表後屆滿五十年。另外，因著作權法是在民國十七年（1928）立法，而法律無追溯既往，此前的著作亦屬公有領域。日本著作權法的規定大體相同，惟年限改爲七十年。

さんぽん的生平不詳，無法得知明確的逝世時間。本作發行於台灣，適用台灣著作權法，以原作發表的五十年後來推算，即一九四八年，本作已經屬於公有領域了。

當然，研究方法日新月異，伴隨更多文獻的發現，我期待有朝一日，能夠查明さんぽん的眞實身分，屆時，台灣犯罪小說的起點一定能有更清晰的樣貌。

附錄三：案件新聞報導翻譯

明治三十年（1987）十一月五日（金）第三版　雜報

●龍山寺水池謀殺事件

前天上午七時許，大加蚋堡[93]上崁庄[94]住民黃三斯向艋舺警察分署報案，稱龍山寺與下崁庄[95]的鄰接地帶、俗稱龍山寺水池的東側竹林內，水池中出現一具俯臥的浮屍。艋舺分署立即商請台北地方法院警察部前往勘驗，而檢察部委任艋舺分署配合。

堀永警部由太田公醫陪同到場，將屍體從池中打撈上岸後置於草蓆上，共同進行屍檢後，查出凶手爲了隱匿罪跡，以繩索將一尺角[96]的石塊綁在屍體背上。

93【大加蚋堡】大加蚋，又稱大佳蚋、大佳臘、大加臘，是台灣自清治至日治初期的行政區名，範圍涵蓋現今台北市市區的大部分區域。1709年，陳賴章墾號開墾大加蚋草地三十年，終成漢人聚落，而後稱為「大加蚋堡」。

94【上崁庄】應為崁頂庄，即今萬華靠古亭一帶。

95【下崁庄】位在萬華一帶，靠近今萬華車站與龍山寺。

96【一尺角】截面為三十公分乘三十公分的正方形。

根據公醫的勘驗，頸部有雙線刀痕各兩處，胸部、腹部六處，以某種刀刃穿刺。此外，頸部的兩處刀傷，均由咽喉刺入將氣管割斷，手法極爲殘酷。在前述的傷口中，左側胸口是一道長達兩寸的刀傷，深抵心臟、穿肺部至骨，而下腹部的突刺導致內臟流出，爲致命傷。頸部的兩處創傷，應是在死後才造成的。

勘驗結束後，警方調查死者在何地被害，在水池外圍大約四間的距離，南面的旱田與草原交界處有一道約三尺高的竹籬處，發現掛著京形男用浴衣一件、內地製的縮緬、長約一尺五寸的布巾，及一尺五寸的碎布一塊。

浴衣在胸口、下腹等處，留著刀刃刺穿的血痕，散發著臭味，應是死者的衣物，是凶手將屍體投入水池後棄置的。做案的地點並不在水池附近，很可能是在其他場所。

屍體的年齡三十歲前後，短髮，身高五尺三、四寸，臉

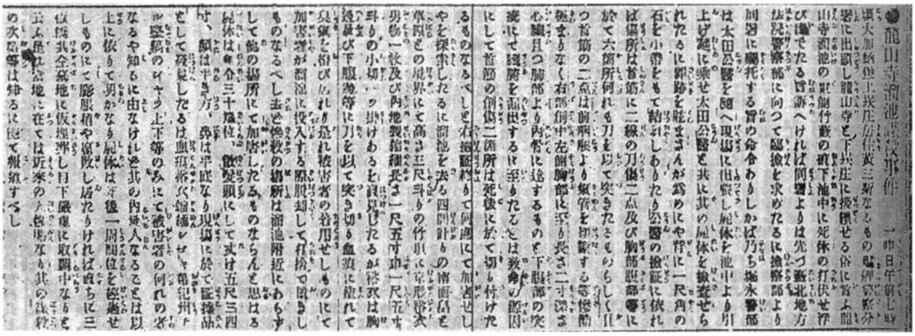
龍山寺溜池[illegible]事件　一昨日午前七時頃大加蚋堡上崁庄[illegible]三斯なるもの艋舺警察分署に出頭し龍山寺と下崁庄に接續せる份に當る龍山寺溜池の東側竹藪の稍下池中に死体の打伏せ浮び出でたる旨訴へければ同署よりは先づ臺北地方法院警察部に向つて臨檢を求めたるに檢察部より同署に囑托する旨の命令ありしかば乃ち端永警部は太田公醫を伴へ現場に出張し死体を池中より引上げ車に乗せ太田公醫と共に其の屍体を檢査せられたるに創跡を眩まさんが爲めにや背に一尺角の石を小帶をもて結びしありたり公醫の檢証に依れば傷所は首筋に二線の刀傷二ヶ所及び胸部腹部等に於て六箇所何れも刀を以て突きたるものらしく且つ首筋の二ヶ所は咽喉より氣管を切斷する等慘酷極まりなく右創中左側胸部に在り長さ二寸深さ心臟且つ肺部より內骨に達するもの下腹部の突疵にて臟腑を露出するに至りたるとは致命の原因にして首筋の創傷二箇所は死後に於て切り付けたるものなるべしと右檢屍終りて何處にて加害せしやを探索したるに溜池を去る四間計りの南面[illegible]畑との境界にて高さ三尺計りの竹垣に京形浴衣男物一枚及び內地製縮緬長さ一尺五寸の巾一尺五寸計りの小切一ツ掛けあるを發見したるが浴衣は胸部及び下腹部等に刀を以て突き切り血痕に塗れて臭氣を帶びたれば是れ被害者の着用せしものにて加害者が溜池に投入する際脫却して打捨て置きしものなるべし去ど慘殺の場所は溜池附近にあらずして他の場所にて加害したるものならんと思はる屍体は年令三十歳位、散髮頭にして丈け五尺三四寸、顏は平等方、鼻は平低なり現場に於て[illegible]もして發見したるは血痕[illegible]紀州ル堅縞の[illegible]上下等のみにて被害者の何れの者なるや知るに由なけれど其の內地人なることは以上に依りて明かなり屍体は死後一週間位を經過せしものにて膨脹稍や腐敗し居たりければ直ちに三[illegible]墓地に假埋葬し目下嚴重に取調中なるも[illegible]墓地に在ては近來の[illegible]其の[illegible]の次第等は知るに從て報道すべし

部、鼻子均爲扁平形。現場發現的物證中，有染血的浴衣、縮緬、腰帶、紀州生產的條紋內衣，雖然還不知道受害人的身分，但根據這些線索，可明顯推測他是內地人。

被害者死亡經過大約一週，開始出現膨脹、腐爛的狀況，警方立即將屍體暫時停放在三板橋公墓，並全力展開調查。這是當地近來最大的悲劇事件，這起謀殺案若有最新消息，本刊將會立刻追蹤報導[97]。

97 後續並無追蹤報導，應已成為懸案。

附錄四：圖片及照片出處

P3

龍山寺。

日文說明中譯：結構至善至美的萬華龍山寺之境內。

譯者收藏。

P21

台灣總督府警察官及司獄官練習所。

位於八甲町，即今之廣州街、昆明街、三水街一帶。

收錄自京都大学貴重資料デジタルアーカイブ。

P23

龍山寺。

日文說明中譯：台北最古老的名剎，述說著萬華歷史的龍山寺，近期廟宇改建，其豪華壯麗、美輪美奐，爲台北寺院之最。

收錄自京都大学貴重資料デジタルアーカイブ。

P27

艋舺遊廓一景。

收錄自《臺北寫真帖》（大正二年，1913）。

原書另有日文說明，全文中譯如下：

新公園遊廓位於艋舺歡慈仔街。內地人開設的娼館相連，眾多藝妓爭媚鬥艷，另外也有本島人開設的幾家娼館。

歡慈仔街即今之貴陽街。

P32 台北醫院。

日文說明中譯：台灣的建築物以煉瓦、磚石建成，是爲了防止白蟻侵襲。儘管如此，白蟻仍造成水泥溶化、穿孔的情況，甚至據說能從地板打通衣櫃。

譯者收藏。

P37 日本法醫學始祖片山國嘉肖像。

收錄自維基百科公有領域。

P55 西門通。

即今之台北市衡陽路與重慶南路十字路口。

P59 台北地方法院。

譯者收藏。

P66

製造鴉片煙膏的現場。

收錄自《記念臺灣寫真帖》（大正四年，1915）。

P68

艋舺遊廓一景。

收錄自《臺北寫真帖》（大正二年，1913）。

原書另有日文說明，與 P27 相同。

P73

竹轎與轎夫。

收錄自《臺灣寫真帖》（明治四十年，1907）。

原書另有日文說明，全文中譯如下：

竹輿在台灣稱之爲轎，其用途與內地的籠相同，是旅行於村落山間唯一的交通工具，但構造與內地稍有不同，全以竹、籐編成，四面有窗，從前方出入。此外，爲了穿越山中的隘路，還有一種山籠的構造更簡單，在籐椅綁上兩枝竹子，即可輕裝上路。在台東地區跋涉溪山之時，直接在腰部綁上竹子，使用方式如同竹輿，蕃人藉此能夠巧妙地在崇山溪河之間穿梭。

◯鈍庵

肩輿入深青，蓬蒿四圍合，盡日不逢人，山風驚颯颯。
厓傾猿跳嘯，林密鳥呼答，佃屋半傾欹，逃亡兩三臘。

P77
描繪一八九〇年代上海外灘景色的圖片。
收錄自維基百科公有領域。

P81
艋舺市街。
收錄自《臺北寫真帖》（大正二年，1913）。
原書另有日文說明，全文中譯如下：
艋舺位於城內西南，與三條市街相連，是其中最爲古老的建築，據說在乾隆年間已經建成，因此也被稱爲舊街。艋舺的名稱源自船舟，過去它的西邊是淡水河，水深船多，是一個著名的碼頭，但現在漸漸淤積，只能停泊小船，水運利益逐漸被大稻埕取代。艋舺的西門外街、新起街、八甲街等，大部分是由內地人組成的市街，而其他地方基本上是本島人的市街。

P86
廈門登陸點。
收錄自京都大学貴重資料デジタルアーカイブ。

P97　北門。
收錄自《臺北寫真帖》（大正二年，1913）。

P104　台灣人藝妓。
收錄自《記念臺灣寫真帖》（大正四年，1915）。

P116　朝陽號。
收錄自《臺北寫真帖》（大正二年，1913）。

P119　丸中溫泉。
收錄自《臺灣名所寫真帖》（明治三十二年，1899）。

P147　明治三十七年的西門通。
收錄自《記念臺灣寫真帖》（大正四年，1915）。

P159　圓山公園。
收錄自《臺灣寫真帖》（明治四十年，1907）。
原書另有日文說明，全文中譯如下：
距離台北約三十町的基隆溪上游，俗稱大古巢。日本領台後曾設立陸軍墓地，到了明治二十九年，由台北縣設立公園。險山突出、老樹蒼鬱，有風雅至極的情趣，隔溪相對的正是台灣神社，並可眺望觀音、大屯諸山。面向台北平原，城市、村落歷歷入目，水明山媚、風景絕佳，乃北台灣第一勝景，山中也發現了相當多的石器時代遺物。前台北縣知事村上曾提出圓山八景：神苑朝曦、龍峒暮靄、稻埕春耕、芝山驟雨、星峰霽雪、古巢寒月、石壁彩虹、劍潭龍氣。園內有陸軍軍人及眷屬的合葬墓地、節孝祠、忠魂堂、臨濟寺等。

圓山公園眺望　兒玉藤園

不是人間百尺台，禪關僅傍碧山開，一聲幽磬何清絕，萬里鎮南呼快哉。

村上即村上義雄。

P195

台北郵便局。

收錄自《臺灣寫真帖》（明治四十年，1907）。

原書另有日文說明，全文中譯如下：

位於台北北門街的一等局處，是本島通信機關的中心。台灣的郵政事務，是在明治二十八年七月由台北的野戰郵政開始的，並在明治二十九年四月郵便令施行後逐漸發達。到了今天，除了本局以外，大稻埕也設立了分局，西門街的總督府建物內有郵便出張所，艋舺、新起街、府前街、城南街等，也設立了郵便收發所。

P201

大稻埕市街。

譯者收藏。

艋舺謀殺事件

國家圖書館出版品預行編目（CIP）資料

艋舺謀殺事件 / さんぽん（三本）原著；既晴譯作. -- 初版. -- 臺北市：前衛出版社，2023.06
面；　公分
ISBN 978-626-7325-16-2(平裝)
861.57　　112008713

原　　著　さんぽん（三本）
譯　　作　既晴

歷史審定　陳力航

企劃選書　林君亭
責任編輯　楊佩穎

美術設計　蕭旭芳
內頁排版　烏石設計
出 版 者　前衛出版社
10468　台北市中山區農安街 153 號 4 樓之 3
電話：02-25865708｜傳真：02-25863758
郵撥帳號：05625551
購書・業務信箱：a4791@ms15.hinet.net
投稿・編輯信箱：avanguardbook@gmail.com
官方網站：http://www.avanguard.com.tw/
出版總監　林文欽
法律顧問　陽光百合律師事務所
總 經 銷　紅螞蟻圖書有限公司
11494 台北市內湖區舊宗路二段 121 巷 19 號
電話：02-27953656｜傳真：02-27954100
出版日期　2023 年 6 月初版一刷
定　　價　新台幣 400 元

ISBN：978-626-7325-16-2
ISBN：9786267325179（PDF）
ISBN：9786267325186（EPUB）